Hiipivä kasakka

AF210802

Jännitystä, huumoria

ja

politiikkaa

Kirjoittanut

Pentti Heikkinen

© 2019 Pentti Heikkinen
Kustantaja: BoD – Books on Demand, Helsinki, Suomi
Valmistaja: BoD – Books on Demand, Norderstedt, Saksa
ISBN: 978-952-80-0831-6

VENÄJÄ

VENÄJÄ

VENÄJÄ

Nämä sanat on lausuttu usein viime

aikoina. Sanoihin liittyy paljon pelkoa,

uhkaa ja epävarmuutta.

Se mitä kirjassa tapahtuu, olisi voinut

tapahtua.

Onneksi ei vielä, toivottavasti ei koskaan.

Prologi

Ruotsin rikkaimmat suvut ja yksityishenkilöt huolestuvat

Venäjän Su 34 rynnäkköhävittäjien uhkaavista lennoista

Gotlannin läheisyydessä. Useita rajaloukkauksia ja

valehyökkäyksiä uusimmilla hävittäjäversioilla kohti

Ruotsia. Venäjä on myöskin tuomassa Kaliningradiin

Iskander ohjuksia, jotka yltävät jopa Tukholmaan asti. Suuri

Zapad sotaharjoitus osoitti Venäjän pystyvän liikuttelemaan

suuria sotajoukkoja kalustoineen sellaisella nopeudella,

ettei Nato pysty siihen vastaamaan. Ruotsin pääomapiireillä

on suuria omistuksia Suomessa, pankkeja, metallialan

yrityksiä, elektroniikkateollisuutta, kuljetusalan yrityksiä,

terveysalan liiketoimintaa ja suuria kiinteistösijoituksia.

Monet näistä yrityksistä toimivat Ruotsin ja Suomen lisäksi

myös muissa pohjoismaissa ja Euroopan unionissa.

Jos Venäjä päättäisi valloittaa Suomen, ottaisivat he

yritykset hallintaansa tavalla tai toisella ja valtavat

omaisuusmassat siirtyisivät Venäjän presidentti Ivanovin ja

hänen lähipiirinsä omistukseen.

Suomen Presidentti ja Pääministeri ovat myös keskustelleet

asiasta kahden kesken ja huolestuneisuus Venäjän toimista

on suurta.

Ruotsissa ja Suomessa on mietitty Natoon liittymistä.

1.

Skåne Ruotsi

Kaunis syksyinen sää helli paikalle kokoontuneita

Ruotsalaisia elinkeinoelämän vaikuttajia. Kutsuttuna oli 15

hengen ryhmä suurimpien yritysten toimitusjohtajia sekä

sijoitusrahastojen päättäjiä.

Heti aamusta oli alkanut vilkas autoliikenne suureen

kartanoon johtavalla hiekkatiellä. Kuljettajien ajamat autot

eivät olleet hinnat alkaen malleja, eivätkä mitään

pikkuautoja. Myöskään matkustajat eivät olleet tavallisia

matkalaisia. Limusiinit kaartoivat kartanon sisäpihalle yksi

toisensa jälkeen ja kartanon henkilökunta avasi autojen ovet

ja ohjasi tulijat sisätiloihin.

Kuljettajat ja turvamiehet jäivät odottelemaan isäntäänsä

autojensa luokse.

Hyvät herrat fasaanijahti alkaa! Tilanhoitajan torvellaan

puhaltama töräys on jahdin aloitusmerkki. Fasaanitarhan

portit aukaistiin ja kymmeniä fasaaneja päästettiin pellolle

ammuttaviksi. Ammunta ja pauke oli korviahuumaavaa.

Ammunnan päättyessä tilanhoitaja apureineen kävi

keräämässä fasaaninraadot talteen. Ampujat saivat kotiin

lähtiessään suolistetut ja kynityt linnut mukaansa, niin kuin

tapana on.

Ryhmän kokoonkutsuja, Ruotsin tunnetuimman

sijoittajasuvun päämies Johan Bildenberg on upporikas

sijoittaja ja arvovaltainen vaikuttaja. Hän huusi kovaan

ääneen:" Kiitos kaikille, hyvin ammuttu. Siirrytään

siistiytymään ja sitten lounaalle päärakennukseen!"

Järven rannalla valtavien tilusten keskellä sijaitseva

kartano on rakennettu jo 1700 luvulla ja korjattu nykyiseen

loistoonsa aivan äskettäin. Bildenbergit käyttävät upeaa

kartanoaan suvun tapaamisiin, kokouksiin ja vieraiden

kestityksiin sekä metsästykseen.

Kartanon pihapiiri on täysin suojattu ja aidattu, joten

kutsumattomat vieraat eivät näe mitä siellä tapahtuu,

eivätkä pääse kartanon alueelle. Arvovieraiden ja salaisen

tapaamisen vuoksi kiersi aidan ulkopuolella useita

koirapartioita.

Johan toivotti ryhmän tervetulleeksi lounaalle ja muistutti

että metsästyskutsussa on mainittu tärkeiden asioiden

esilletuonnista ja yhteisestä päätöksestä, mutta palataan

siihen ruokailun jälkeen.

Ruokailu eteni mukavan jutustelun merkeissä, mutta

tunnelma oli varautunut ja vähän kyräilevä. Upea kattaus,

kultareunaiset lautaset, hopeiset aterimet ja kristallilasit

olivat osoitus sellaisesta vauraudesta, että isäntäväeltä

eivät kruunut heti lopu. Suvun varallisuus oli alkanut

kerääntyä jo 1800 luvulla ja väitettiin että heidän

sijoitusyhtiönsä omistavat ison osan Ruotsista ja puoli

Suomea. Ehkä se on liioittelua, mutta heidän valtansa kyllä

on suuri rajan molemmin puolin.

Kun jälkiruokakahvi ja konjakki oli kannettu vieraiden

nautittavaksi, komensi Johan henkilökunnan ulos salista ja

pyysi sulkemaan ovet.

Isäntä aloitti kokouksen nuijan kopautuksella pöytään ja

aloitti. "Teidät on tarkoin valittu ja taustat tarkistettu, koska

käsiteltävät asiat ovat huippusalaisia ja ne eivät saa vuotaa

mihinkään. Venäläisten aggressiivinen toiminta Itämerellä

ja Suomenlahdella pakottaa meidät varautumaan jopa

Suomen miehitykseen. Suomen jälkeen olisi todennäköisesti

Ruotsin vuoro. Kaikkien meidän mukana olevien yritykset ja

sijoitusrahastot olisivat silloin venäläisten sotilassaappaan

alla ja Venäjän presidentti Ivanovin ja hänen lähipiirinsä hallussa. Meidän on tehtävä kaikkemme, ettei niin käy.

Onko kenelläkään ehdotuksia mitä voisimme tehdä?"

Pohjoismaiden ja yhden Euroopan suurimman pankin

hallituksen puheenjohtaja Nils Bamberg pyysi

puheenvuoron. "Tilanne on todella paha, meidän

pankkimme on juuri tehnyt päätöksen pääkonttorin

siirtymisestä Suomeen, teidän edustamien yritysten tehtaita

ja toimintoja ei voida siirtää Suomesta muualle

Eurooppaan, eli olemme kaikki kusessa, jos ryssät lähtevät

höökimään. Mielestäni liittyminen Natoon on ainoa

vaihtoehto sekä Ruotsille että Suomelle. Minulle on myöskin

herännyt ajatus Valtioliitosta, yhteensä 16 miljoonaa

asukasta ja suuri eurooppalainen talousmahti laittaisi

Ivanovin harkitsemaan miehityksen riskejä uudestaan."

Saliin laskeutui painostava hiljaisuus. Suomalaisen

Bambergin ehdotus oli niin yllättävä, ettei sitä ollut kukaan

ennen ääneen lausunut.

Bamberg, joka on Suomessa sekä vihattu että arvostettu

toimija, on leikillisesti sanottuna kääntänyt Suomen kansan

kassan, saatuaan suuren pankin ja vakuutusyhtiön

hallintaansa hurjalla alihinnalla. Häntä näissä toimissa

avustivat joko taitamattomuuttaan tai tahallaan monet

johtavat poliitikot. Hän on myös Johan Bildenbergin hyvä

ystävä ja liikekumppani. Tosiasiassa Bildenberg on hyötynyt

Bambergin toimista ja monet alun perin suomalaiset

yritykset ovat nyt Bildenbergin peukalon alla.

Kaikki salissa olevat tiesivät oikein hyvin, että Bambergilta

voi odottaa ihan mitä tahansa.

Paavo Väyrynen ajoi 1990 Pohjoismaiden yhteisöä ja

Gunnar Wetterberg 2009 Pohjoismaiden valtioliittoa, mutta

aika ei ollut silloin niille kypsä ja nehän olisivat koskeneet

koko Pohjolaa.

Johanin katse kiersi ympäri salia ja hän näki

hämmentyneitä ja jopa pelokkaita kasvoja. Hänen päässään

12

myllersi monia ajatuksia, mutta hänen oli pakko

kommentoida Bambergin puheenvuoroa: "Olihan Nils

sinulta yllättävä ehdotus, mutta kun tarkemmin ajattelee,

niin onhan siinä järkeä. Molemmat maat ovat täysin

valmiita Natoon sotilaallisesti, monet sotaharjoitukset ovat

osoittaneet sen. Venäjän olisi mahdoton miehittää Ruotsi-

Suomea yllätyshyökkäyksellä. Suomella on hyvin koulutettu

suuri varusmiesarmeija ja Ruotsilla paljon Jas-hävittäjiä ja

uusia tilauksessa.

Onhan Suomellakin melkein 60 Hornetia ja molemmissa

maissa paljon uutta ja nykyaikaista sotakalustoa." Nils

Bamberg halusi uuden puheenvuoron, vaikka melkein

kaikilla oli käsi pystyssä. "Suomalaisena tiedän hyvin, että

Eu:n turvatakuilla ei ole mitään merkitystä, eli sieltä ei

Suomi saa mitään apua. Suomen ja Ruotsin valtioliitto, tai

jopa maiden täydellinen yhdistyminen ja Natoon liittyminen

pitäisi tehdä täysin salassa.

Venäjä täytyy yllättää päätöksellä, ilman

ennakkovaroitusta, niin ne eivät pääse painostamaan eikä

uhkaamaan, saatikka sitten miehittämään Suomea."

Seuraavaksi sai puheenvuoron Saab AB:n hallituksen

puheenjohtaja.

"Nyt kun tällainen ajatus on heitetty ilmaan, niin kannatan

sitä täysin. Meidän yrityksemme kannalta se olisi

lottojättipotti. Jos saamme varmuuden, että Ruotsi-Suomi

tilaa meiltä uudet hävittäjänsä ja uusiin sota-aluksiin

meidän tarjoamat järjestelmät ja aseet, niin olen täysillä

mukana." Samantyylisiä kommentteja saatiin useilta

puhujilta. Kaikki paikallaolijat ovat bisnesmiehiä kiireestä

kantapäähän, eli money talks.

Johan Bildenberg teki yhteenvedon ja ehdotuksen: "Kaikille

varmaan tuli selväksi, että Suomen miehityksen jälkeen olisi

Ruotsin vuoro, eli kyllä meidän on jotain tehtävä joka

tapauksessa. Ruotsin teollisuus voittaisi ja turvaisi

asemansa yhteenliittymässä. Tavallinen kansa ja poliitikot

kyllä vastustavat ja siitä nousee valtava mylläkkä, mutta

heiltä ei nyt kysytä.

Suomen alue kuului Ruotsille 1300 luvulta vuoteen 1809,

joten sehän olisi vain paluuta silloiseen tilanteeseen."

Nils Bamberg jatkoi vielä: "Jos nyt päätämme lähteä

viemään asiaa eteenpäin, niin kuka Ruotsin puolelta olisi

mahdollinen neuvottelija. Hänen pitäisi pystyä liikkumaan

huomaamatta Suomessa ja muualla Euroopassa. Suomessa

vastaava henkilö voisi olla puolustusvoimien entinen

komentaja Kenraali Kustaa Häkkinen. Häkkinen on

arvostettu henkilö, hän liikkuu laajalti esitelmöimässä, eikä

hänen kulkemisiinsa kiinnitetä huomiota."

Johan ilmoitti olevansa valmis tehtävään, jos se vain muille

käy. Asiasta äänestettiin nostamalla käsi ylös, 12 oli

puolesta ja 3 vastaan.

Johan kiitti luottamuksesta ja sovittiin että tavataan

kuukausittain, tai nopeammin jos tarvetta ilmenee.

Nils jäi vielä paikalle muiden poistuessa kuljettajiensa

ajamilla edustusautoilla, kartanon sisäpihalle jäi leijumaan

bensiini katku ja rahan tuoksu.

Herroilla alkoi tiivis mietintä siitä, kuinka olisi paras ottaa

yhteys Kenraali Häkkiseen.

Nilsillä oli ehdotus valmiina: "Pankkikonsernillamme on

edustushuvila Helsingin Vuosaaressa hotelli Rantapuiston

vieressä, siellä on usein rapujuhlia ja kutsun teidät

molemmat sinne samaan aikaan. Alustan asiaa hänen

kanssaan ja järjestän teille siellä kahdenkeskistä aikaa."

Johan piti ehdotusta erinomaisena ja sovittiin jo

seuraavasta viikosta.

Nils sai Johanilta vielä erikoiskiitokset palveluksistaan

Ruotsin teollisuudelle ja pääomapiireille. Olihan hän

vaikuttanut monien yritysten siirtymisessä ruotsalaisten

omistukseen pilkkahinnalla.

Nils kiitti Johania ja myönsi toki itse hyötyneensä heidän

yhteistyöstään todella paljon.

Nils vielä lisäsi hänellä ja perheellään olevan todella paljon

pelissä ja oma lehmä ojassa. Valtioiden edun lisäksi on

henkilökohtaisesti välttämätöntä ehdottaa Valtioliittoa ja

suojella omia sijoituksia.

2.

Helsinki

Johan Bildenberg haettiin huomaamattomasti lentoaseman

liikelentoterminaalista pankin Vuosaaren upealle huvilalle.

Huvila on rakennettu saman vuonna kuin Suomi itsenäistyi,

se sijaitsee suojaisessa paikassa Hotelli Rantapuiston

takana ja sopii salaisiin tapaamisiin loistavasti. Yöpymiset

on helppo järjestää huomaamattomasti viereisessä

hotellissa, joka on sivussa kaupungin melskeestä. Ravut

olivat hyviä ja pihvi murea, kuten aina ennenkin. Illallisen jälkeen Nils aloitti varovasti Häkkisen pehmittämisen,

ottamalla esille Venäläisten aggressiivisen toiminnan.

"Herra Kenraali, olemme liike-elämässä todella

huolestuneita Venäläisten liikehdinnästä Itämerellä ja

Suomenlahdella. Muistamme kauhulla, kuinka helposti

pienet vihreät miehet saapuivat Ukrainaan ja mitä tapahtui

Krimillä. Länsimaat eikä Nato ehtineet, eikä ehkä

uskaltaneet laittaa yhtään kampoihin. Meitä on ryhmä

ihmisiä, jotka haluaisivat turvata Suomen ja Ruotsin

tulevaisuuden ja turvallisuuden. Etsimme henkilöä, joka

voisi keulakuvanamme alkaa ajaa Suomen ja Ruotsin

liittymistä Natoon, yllättäen, salaa ja yhdessä."

Häkkisen juuri hörppäämä konjakki purskahti rinnuksille.

"Teillähän on pojat hurjat suunnitelmat. Olen kyllä samaa

mieltä, että Natoon liittyminen on ainoa oikea veto. Yhdessä

ja yllättäen, liittyykö siihen jotain mistä et maininnut?"

Nils vastasi: "Valtioliitto tai jopa yhdistyminen Ruotsin

kanssa." Häkkinen kurtisteli kulmiaan ja oli sen näköinen,

kuin olisi saanut halosta päähänsä. Häkkinen kysyi lisää:

"Ketä meinasitte ehdottaa neuvottelijoiksi ja asian

eteenpäin viejiksi?"

Bildenberg vastasi siihen: "Minut on valittu Ruotsista ja nyt

kysyn, haluatko sinä ottaa vastaan Suomen vetovastuun?"

"Aloin jo epäillä sitä, kun selvisi mistä on kysymys. Asia on

kyllä niin tärkeä, ellei jopa elintärkeä ja jonkunhan vastuu

on otettava. Suostun sillä ehdolla, että prosessi pidetään

täysin salassa.

Jos tämä kuvio paljastuu itänaapurille, niin panssarit

tulevat rajan yli välittömästi."

Sovittiin että Bildenberg ottaa yhteyttä Ruotsin

Pääministeriin ja Häkkinen Suomen Presidenttiin ja

Pääministeriin. Laitettiin prosessi heti käyntiin, koska

Venäjän aktiivisuus näyttäisi lisääntyvän koko ajan.

3.

Kenraali Häkkinen ajoi Mäntyniemen portista sisään ja

suoraan pääovelle, portinvartijat vain heilauttivat kättään

tuttavallisesti.

Tapaaminen järjestyi helposti, koska tapaamispyynnössä

mainittiin asian olevan Suomelle elintärkeän. Presidentin

adjutantti oli ovella vastassa ja Häkkinen pyysi

toimittamaan mukanaan tuomansa kukkapaketin Presidentin

rouvalle ja onnittelemaan tulevan perheenlisäyksen

johdosta.

Häkkinen ohjattiin seurustelunurkkaukseen, jossa

Presidentti jo odotti.

Hän aloitti välittömästi: "Tervetuloa Kustaa, ei olla nähty

vähään aikaan. Mikähän virkeän eläkeläisen sai näin

nopealla aikataululla lähestymään minua?

"Herra Presidentti, Ruotsalainen arvovaltainen ryhmä otti

minuun eilen yhteyttä ja heillä oli raju ehdotus. Suomi ja

Ruotsi muodostavat Valtioliiton ja liittyvät yhdessä Natoon

venäläisiltä salaa. Syy tähän on pelko, että Venäjä voi

miehittää Suomen niin halutessaan. Niiden toiminta on

yliaktiivista, hyökkäävää ja siellä on vielä presidentinvaalit

tulossa. Presidentti Ivanov voi yrittää siirtää huomion

sisäisistä ongelmista ja aloittaa Suomen miehityksen."

Perusteellisesti yllätetyn ja vakavaksi menneen Presidentin

vastaus tuli pienen mietinnän jälkeen: "Olihan sinulla

tuomisina viestiä kerrakseen, tuli tilaamatta, mutta ei

onneksi faxilla. Todennäköisesti arvaatkin, että Natoon

liittymistä on mietitty hyvin vakavasti Hallituksen Ulko- ja

Turvallisuuspoliittisessa ministerivaliokunnassa.

Periaatteessa olet täysin oikeassa, Suomi ja Ruotsi yhteen

ja samalla Natoon, niin Ryssille menisi jauhot suuhun. Näin

isoja asioita pitäisi kysyä kansalta, mutta silloin jäisi

yllätysmomentti hyödyntämättä. Saat Kustaa minulta täydet

valtuudet viedä asiaa eteenpäin. Otat seuraavaksi yhteyden

Supoon, he saavat järjestää sinulle turvamiehen ja

kuljettajan. Jos venäläiset saavat tästä vihiä niin olet

hengenvaarassa. Kaiken on oltava epävirallista, eli jos

tämä projekti paljastuu, niin olet omillasi."

Kustaa hyväksyi Presidentti Säynästön ehdot ja sanoi:

"Kerran täällä vaan eletään."

4.

Moskova

Kremlin portilla vartiomiehet pysäyttivät ja tarkistivat

saattueen autot. Nähtyään Pääministeri Vladimir Bimskin

pöyhkeän naaman, vetivät he kättä lippaan ja päästivät

Pääministerin autosaattueen porhaltamaan aukiolle ja

suoraan pääovelle.

Pari kuukautta aiemmin tapahtuneen Presidentin

vallankaappausyrityksen jälkeen oli turvajärjestelyt

kiristetty äärimmilleen.

24

Bimski turvamiehineen marssi Presidentti Vasili Ivanovin

toimistoon, silmäili ympärilleen ja ilmoittautui: "Vasili,

tulin kun pyysit. Onko jotain erikoista meneillään?"

Ivanov yritti näyttää ystävälliseltä, mutta kuten tunnettua

hänen kasvojaan on kiristelty ja siloteltu ja hymy näytti

lähinnä irvistykseltä. "Vladimir, rakas ystävä, mukava kun

pääsit näin pian tulemaan. Vielä suuri kiitos siitä avusta

vallankaappauksen aikana, mutta saithan sinä

Pääministerin pallin palkkioksi. Mutta mennään suoraan

asiaan, molempien aika on kallista ja aikataulut tiukat.

Kansa on edelleen levotonta ja pientä mellakointia on

ilmassa, eikä opposition äänitorvikaan osaa pitää

turpaansa kiinni. Meidän on kiinnitettävä kansan huomio

johonkin ulkoiseen uhkaan tai tapahtumaan.

Onko sinulla ehdotuksia?" "Meillä on pitkä raja Suomen

kanssa. Jos he päättävät liittyä Natoon, niin rajasta tulee

hankala ja kallis valvottava. Kun Suomi on vielä

puolueeton, on sen ottaminen meidän hallintaamme vielä

25

mahdollista." Presidentin yllättynyt katse harhaili pitkin

seiniä, hänen kasatessaan ajatuksiaan, mutta vastaus ei

ollut yllättävä. "Eli vihreitä tunnuksettomia miehiä

marssimaan rajan yli vähän sieltä sun täältä, niin kuin

Ukrainassa. Itse asiassa olen miettinyt ihan samaa, Ruotsin

raja on paljon lyhyempi ja siinä on meri välissä. Saataisiin

Suomenlahti omaan valvontaan, varsinkin kun Nord Stream

kaasuputki on herkässä vaiheessa. Suomi on täynnä hyviä

yhtiöitä ja hyvässä kunnossa olevia teollisuuslaitoksia,

niitähän me tarvitaan. Aloitetaan meille suosiollisen tiedon

levitys ja Naton mollaaminen Suomen mediassa

välittömästi." Pääministeri hymyili maireasti ja vastasi:

"Kuten hyvin tiedät en pidä Suomalaisista ja on suuri ilo

säikytellä Tsuhnat hyppimään seinille." Presidentti Ivanov

sanoi antavansa armeijalle määräyksen valmistella

suunnitelman Suomen valtaamiseksi, sekä Kyberosastolle

käsky aloittaa täysi trollaus ja infran häirintä.

Venäjän ulkomaantiedustelun SVR:n päämajassa Moskovan laitakaupungilla siivottiin tulipalon jälkiä. Virallisesti tulipalo oli vahinko, oikeasti sen sytytti eräs tsetseenikapinallinen, joka halusi kostaa maansa kärsimät vääryydet.

Suomen vakoilusta ja tiedustelusta vastaava osastopäällikkö avasi kokouksen: "Hetki sitten saimme Presidentiltä määräyksen, joka menee kaiken muun edelle. Suomessa olevat vakoilijat ja illegaalit on määrättävä täyteen valmiuteen ja aktiiviseen toimintaan välittömästi. Meillä on yksi nainen tutkijana Suomen Suojelupoliisissa. Hän on Inkerin suomalaisia, hänen sukulaisiaan ei ole päästetty Suomeen, joten hän on katkera ja kostonhaluinen Suomelle. Hänen entinen aviomiehensä on meillä töissä it osastolla, katsotaan myös se kortti. Agentti on välittömästi aktivoitava ja määrättävä toimintaan ja tiedonhankintaan.

27

5.

Helsinki

Ratakadulla Supon päämajassa oli salaisessa pikavauhtia
järjestetyssä neuvonpidossa Kenraali Häkkinen, Supon
päällikkö sekä ylikomisario Jorma Virtanen.

Päällikkö avasi keskustelun: "Tasavallan presidentiltä tuli
määräys huippusalaisesta tehtävästä, joka koskee teitä
herra kenraali. Voimme puhua vapaasti, koska tämä huone
on suojattu täysin ulkopuolelta tulevaa kuuntelua ja
vakoilua vastaan. Ylikomisario tietää teille annetusta
tehtävästä, ja hän on teidän turvamiehenne, niin kauan kuin
tarvitaan. Tästä tehtävästä ei tiedä meillä kukaan muu."

28

"Kiitos, olettekin laittaneet asioihin vauhtia. Kuinka kuljetukset ja yhteydenpito hoidetaan, en voi liikkua virka-autolla, koska tehtävä on huippusalainen?" "Meillä on jo täällä Oulusta saadut huippupuhelimet, joita edes venäläiset eivät pysty kuuntelemaan, eikä seuraamaan. Ylikomisario Virtanen kysyy yhdeltä eläkkeelle jääneeltä kuljettajalta, olisiko hän halukas tehtävään. Hän on auttanut meitä viimeksi kesällä Stumpin ja Ivanovin vierailussa. Hänen avullaan paljastui terrori-iskun valmistelu ja hän on huippuluotettava, hyvässä kunnossa ja pää pelaa." Ylikomisario ottaa häneen yhteyttä välittömästi ja laitetaan asiat rullaamaan.

Nastola

Heikki Penttilä heräili mökillään kauniiseen vähän

usvaiseen syysaamuun ja joutsenten

ääntelyyn. Hän oli tullut jo viikko sitten ja laitellut paikkoja

kuntoon. Maalaamista, puutarhatöitä ja pientä fiksaamista,

kun kerrankin oli aikaa ja sai rauhassa puuhailla. Illalla oli

tullut saunottua perusteellisesti ja juotua pari konjakkia

laiturilla istuskellen ja vanhoja muistellen. Olo oli kuitenkin

rentoutunut ja pirteä. Aamupalan syötyään hän lähti

tarkistamaan olisiko katiskaan tai verkkoihin uinut yön

aikana saalista. Joskus sieltä nousi ahvenia tai haukia,

kuhaakin silloin tällöin.

Heikin ajaessa veneellä rantaan soi puhelin ja hän kaivoi

kohmettunein käsin puhelimen taskustaan ja vastasi:

"Heikki tässä, odota hetki, vedän veneen ensin rantaan. Nyt

voin puhua." "Jormapa tiällä rimpaattelloo, huastellaan

vuan savoks tuasiisa. Meijän pitäs rupatella, niin ettei muut

kässää mitä huastellaan." "Terve Jorma, hyvinnii voijaan

rupatella. Voesin arvuutella, että pitäs viäntee kahen kesken

ja nokikkaen. Oun lähössä kotpuoleen, siivoon vuan ensin

tuon kuhanjötkäleen, joka köllöttel verkossa. Voetas nähä ja

ottoo vaekka jottaen purtavoo siinä huvilassa, joka on

lähellä kortteeriain." "Tiijän paekan, oesko parin tunnin

piästä hyvä aeka?" "Kyllä vuan kääpi."

Heikki laittoi kuhan pikavauhtia fileiksi, mökki lukkoon ja

vauhdilla kohti Aurinkolahtea ja Villa Solvikia, siellä on

vielä lounasaika meneillään ja saadaan nälkä selätettyä.

Kauniissa syyssäässä kohti Helsinkiä ajaessaan Heikki

mietti kuumeisesti Jorman yhteydenottoa. Jotain hyvin

salaista taas, koska hän halusi Savon viäntämisellä hämätä

31

mahdollisia ylimääräisiä tipuja langoilla. Jorma näköjään

pelkäsi, että hänen puhelimensa on seurannassa. Kohtahan

se kuullaan mitä miehellä on mielessä.

Helsinki

Villa Solvikissa Helsingin Aurinkolahdessa oli lounasaika

loppumaisillaan ja saatiin Jorman kanssa rauhallinen pöytä

sivuhuoneesta. Heikki toivotti Jorman tervetulleeksi

vakioravintolaansa ja ihmetteli, mikä on asian ydin. Jorma

rykäisi ja katseli ympärilleen. "Mukavan oloinen vanha

kartano, saadaan puhua rauhassa asiasta, joka varmasti

yllättää sinut. Olit hyvin taas mukana siinä savon murteessa

ja arvaatkin varmaan, että homma on super salainen.

Minulla on sinulle työtarjous, josta ei saa hiiskua

sanallakaan kenellekään, ei edes vaimollesi. Tarvitsen

luottomiehen ja auton kuljettamaan vierasta tai vieraita

32

pääkaupunkiseudulla, ehkä Ruotsissa, tai jopa

Euroopassa."

"Kuten tiedät, olen eläkkeellä, eikä minulla ole tehtävään

sopivaa autoa. Aikaahan minulla nyt on ja kuulostaa

mielenkiintoiselta. Minulla on kyllä voimassa oleva

toiminimi, jonka kautta voin toimia. Liikennelupaa ei

tarvita, kun vuokraan teille auton ja te maksatte minulle

palkan.

Nyt tosin liikenneluvan saisi sen kuin hakisi. Koko

Suomessa on vähän yli viisi miljoonaa asukasta, eli saman

verran kuin Pietarissa. Toimittajille syötetyissä lehtijutuissa

kerrotaan, että pelkästään pääkaupunkiseudulle mahtuu

tuhansia uusia takseja, vaikka vanhatkin on olleet

alityöllistettyjä. Joillakin on mennyt kyllä lääkitys pieleen.

Liikenneministeri Anni Lorenz ryssi Suomen taksiliikenteen

totaalisesti." "Minkälaiseksi liikenne sitten muuttuu?" "Nyt

suomalaiset kuljettajat pakenevat alalta ja etsivät muita

töitä, koska toimeentulo näyttää jatkossa tosi huonolta.

Jatkossa autoja ajavat maahanmuuttotaustaiset kuljettajat.

Ulkolaiset toimijat ovat huhujen mukaan tuomassa paljon

uusia autoja, jolloin takseja on liian paljon, eikä asiakkaita

riitä millään kaikille. Kun kuljettajat eivät enää tule

palkallaan toimeen, niin sitten he hakevat Kelasta

toimeentulotukea ja asumistukea. Jos yrityksille jää voittoa,

niin ne siirretään ulkomaille, ehkä jopa veroparatiiseihin.

Surkea ja kallis diili Suomelle."

Jorma pyöritteli päätään ja vastasi: "Eli paska diili, mutta

mennään varsinaiseen asiaan.

Jos otat työn vastaan, niin kuinka nopeasti saisit auton alle.

Mielellään maasturi, iso ja tukeva, tummat lasit, tehokas

moottori ja joku vaalea väri koska se on

huomaamattomampi. Rahaa on varattu niin paljon, että saat

kulusi hyvin peitettyä." "Et ilmeisesti voi kertoa tarkemmin,

ennen kuin otan homman vastaan. Voisin soittaa Timille

Biliaan, olen ostanut häneltä monta autoa."

Timi vastasi puheluun melkein heti ja hänellä oli yksi

esittelyauto, joka oli joka tapauksessa tulossa myyntiin.

Metallinharmaa XC90 Twin Engine, laminoiduilla

tummennetuilla laseilla. Jorman mielestä auto oli juuri

sellainen, jota tarvittiinkin. Nopea, hyvä ajaa, turvallinen ja

tarpeeksi painava, ettei sitä voi puskea tieltä kovin helposti.

Kysyinkin heti Jormalta: "Nyt voit sitten kertoa tästä

keissistä enemmän, onko joku heti puskemassa meitä tieltä

ulos?"

Jorma naurahti, katsoi ympärilleen ja varmisti. ettei ketään

ollut lähettyvillä: "Kuljetat eläköitynyttä kenraalia ja minä

olen koko ajan mukana turvamiehenä. Saamme kuuntelulta

suojatut puhelimet, luotiliivit ja olemme molemmat

aseistetut. Kuulet kuitenkin mitä kuljetettavat puhuvat, joten

älä sitten ylläty kuinka suurista asioista on kyse. Auto on

sinulle uusi, joten järjestetään ajoharjoitteluradalle

mahdollisuus testata auton käyttäytymistä ja ominaisuuksia.

Saat myös Glock merkkisen pistoolin ja

ampumaharjoitusaikaa."

Vastasin pienen miettimisen jälkeen: "Kuulostaa

mielenkiintoiselta, hyvähän se on varautua kaikenlaisiin

uhkiin, mutta onko todellista hengenpäälle käypää vaaraa

tai uhkaa?"

Jorman mielestä ei, varsinkaan jos kaikki menee kuin

Strömsössä, mutta ainahan homma voi Hovissa muuttua.

Päätin ottaa homman vastaan, kerranhan täällä vaan

eletään.

Timi lupasi auton olevan aamulla huollettu ja valmis

noutoa varten ja siihen jopa ehdittäisiin asentaa

haluamamme erikoisvarusteet. Näköjään vanhoilla suhteilla

on vielä painoarvoa, ei autoliikkeiden palvelu yleensä ole

ihan näin nopeaa.

Jorma varmisti minulle, että hän on virkavapaalla eikä ole

virallisesti töissä, mutta kaikkeen on siunaus valtion

ylimmältä taholta. Jorma kiitti maukkaasta lounaasta ja

kehui ravintolaa ja ikkunoista aukeavaa syksyistä ja ruskan

väreissä loistavaa merinäköalaa.

Kävellessäni kotia kohti kävi aivoissa melkoinen myllerrys.

Kuinka selittäisin tämän vaimolle, kun ei saa mistään kertoa

mitään.

Kerroin vaimolle saaneeni työtarjouksen vanhoilta

yhteistyökumppaneilta ja palkkion olevan hyvä. Hän oli

tyytyväinen, eläkeukollekin löytyi jotain puuhaa, ehkä hän

oli jo kyllästynyt karvaiseen naamaani.

Auton saatuani hain Jorman kotoaan ja hän toi sylin

täydeltä varusteita. Puettiin luotiliivit päälle ja lähdettiin

noutamaan Häkkistä Espoon kodistaan.

Kenraali loikkasi kyytiin yllättävän ketterästi, ei ukossa ikä

näkynyt. "Terve pojat kutsukaa minua Kalleksi. Kivan auton

olette löytäneet, täällä takana on hyvät tilat ja erillispenkit,

kelpaa täällä matkustaa. Mennään Bisnes Flight Centeriin

37

hakemaan ruotsalaista vierasta, hän saapuu omalla

koneella.

Kalle kysyi lentoasemalle mennessä minulta, olenko

kauankin tehnyt näitä ajohommia. Vastasin tietenkin

totuudenmukaisesti: "Melkein neljäkymmentä vuotta sitä on

rattaita pyöritelty. Monet valtionpäämiehet ja bisnesväki on

nähty ja koettu ihan vierestä." Kalle nosti peukkua ja

vastasi: "Niinhän minä kuulin Supon miehiltä, me varmaan

tullaan hyvin juttuun. Kuten olet kuullutkin, ollaan ihan

arkivaatteissa ja liikutaan mahdollisimman

huomaamattomasti. Silmät ja korvat auki ja koko ajan

tarkkana mitä ympäristössä tapahtuu." Ilmoitin Kallelle

saaneeni saman ohjeistuksen jo Jormalta, hyvä että kaikki

tiedetään miten toimia.

Liikelennossa ei mennyt kuin hetki ja vieraan hypättyä

kyytiin hän heti moikkasi: "Terve, mehän on tavattu monta

kertaa ennenkin, tämä maailma näyttää olevan aika pieni."

Tunsin tietenkin herran hyvin, hän on jäsenenä entisen

asiakkaani hallituksessa ja hänen sukunsa on sen yhtiön

suuromistaja. Olen kuljettanut häntä monet kerrat. Vastasin

hänelle:" Terve taas, mukava nähdä."

Kalle pyysi ajamaan valtioneuvoston linnaan

Snellmaninkadulle, koska he menevät tapaamaan

Pääministeriä.

Pääministerin huoneeseen oli saapunut myös

Puolustusministeri ja he ottivat vieraat vastaan

huolestuneen näköisinä. Pääministeri avasi keskustelun:

"Kenraali Häkkisen olen tavannut ennenkin, teistä herra

Bildenberg olen kuullut paljon hyvää. Tervetuloa.

Tasavallan Presidentti jo alusti meille tätä tapaamista ja

olen hyvin kiinnostunut. "Bildenberg kertoi, että Ruotsin

Pääministerin kanssa on jo sovittu Natoon liittymisestä, jos

Suomikin liittyy samaan aikaan. Pääomapiirit ovat asiassa

täysillä mukana ja Kuninkaalle kerrotaan vasta

viimetingassa, eikä kansalta kysytä, koska silloin tieto tulee

julkiseksi. " Ministerit katselivat toisiaan vakavana jonkin

aikaa ja sitten Pääministeri murahti vaisusti: "Eihän meillä

kyllä ole vaihtoehtoja, arvelen että Venäjä suunnittelee

jotain meille vaarallista. Minä myöskin ymmärrän

liikemiehenä yritysten etujen turvaamisen." Kalle ja Johan

saivat luvan jatkaa projektia ja määräyksen ottaa yhteyden

Naton Norjalaiseen pääsihteeriin ja sopia tapaaminen.

Ajettiin Kalle kotiinsa ja vieras liikelentoon.

6.

Irina Jääski, kolmekymppinen Supon virkailija astui

Fleminginkadulla Karhupuiston lähellä sijaitsevasta

kodistaan kadulle mennäkseen töihin. Hän käveli

ajatuksissaan kohti raitiovaunupysäkkiä, kun viereen

ajaneesta mustasta Audista nousi karskinnäköinen ja

pakastimen kokoinen venäläinen karpaasi ja määräsi hänet

autoon takapenkille viereensä. Auto lähti saman tien

ajamaan kohti Punavuorta ja Supon toimistoa,

Ukko esitteli itsensä Iivanaksi ja esitti asiansa: "Olet saanut

tähän saakka olla ilman velvoitetta raportoida Venäjän

tiedustelupalvelulle, mutta nyt sinut aktivoidaan täyteen

tiedonhankintaan. Irina nyökkäsi tyytyväisenä Iivanalle ja

kysyi kuinka hän välittää löytämänsä tiedot eteenpäin. Hän

sai ohjeet saapua Porthaninkadulle Majava Baariin joka

perjantai kello 20.00. Jos tulee kiireellistä tiedotettavaa,

niin Telegram viestipalvelulla viesti "asiaa" numeroon,

jonka hän antaa ja sitten tavataan Majavassa klo 20.00.

Irina päästettiin autosta Yrjönkadun ja Iso Roobertinkadun

kulmassa, josta hän käveli toimistolle.

Irina muutti Suomeen äitinsä kanssa 1990, Presidentti

Mauno Koiviston annettua Inkeriläisten tulla

paluumuuttajina maahan. Venäjän tiedustelupalvelu rahoitti

heidän perheensä muuton, asumisen ja Irinan koulutuksen.

Äiti oli vakaumuksellinen kommunisti ja aivopesi myös

tyttärensä Äiti Venäjän palvelijaksi.

Irina opiskeli ylioppilaaksi ja valtiotieteiden maisteriksi

ennätysajassa. Hän kävi armeijan ja sai viran Suposta,

koska Venäjän kielen taitajille oli suuri tarve. Irina oli

innoissaan päästessään maksamaan velkojaan Venäjälle.

Irinan saapuessa Ratakadulle hän päätti aloittaa

tiedonhankinnan Jormasta, jonka olin tuonut toimistolle ja

poiminut ajokouluttajan kyytiin. Jorma oli tyhjentämässä

työpöytäänsä ja viemässä silppuriin dokumentteja, kun Irina

liimautui kylkeen ja alkoi flirttailla. Irina sanoi olleensa

ikävissään ja haluavansa aloittaa suhteen uudestaan.

Jormalla ja Irinalla oli aiemmin lyhyt suhde, mutta Jorma

oli kuulemma liian vanha ja homma lopahti siihen. Jormaa

oli kyllä kovasti kiinnostanut muodokas ja hyvännäköinen

nainen. Jorma kysyi kyljessään kiehnäävältä pimulta:

"Mistäs nyt tuulee, onhan tämä aika imartelevaa, enkä ole

tässä yhtään kuitenkaan nuortunut sitten viime näkemän.

Toki ainahan kaunis naisseura tervettä miestä kiinnostaa."

Irina liimautui entistä tiiviimmin Jorman kylkeen näykkäisi

huulillaan hänen korvannipukkaansa ja kysyi että

mennäänkö illalla jonnekin syömään. Hän katsoi suurilla

tummilla silmillään Jormaa, oli pahoillaan ja sanoi

katuvansa suhteen lopettamista. Sovittiin että tavataan

Juttutuvassa, jossa on tunnetusti hyvä ruoka.

Lähdettiin poliisin ajokouluttajan kanssa ajamaan kohti

Sipoon ajoharjoittelurataa, joka oli varattu pelkästään

meidän käyttöön. Sää oli tuulinen ja sumuisen

tihkusateinen, eli juuri sopivan haasteinen harjoitteluun.

Kouluttajan mielestä minulla täytyy olla hyvät suhteet, kun

ei tällaista erikoiskoulutusta yleensä saa, vaikka kuinka

haluaisi. Kerroin tuntevani oikeita ihmisiä, hän ei

tietenkään tiennyt tästä keissistä mitään.

Harjoiteltiin nopeaa ajoa, väistöjä, nelivetoisen maasturin

hallitsemista ja kuinka uhkaajat työnnetään tieltä.

Kouluttaja oli tyytyväinen oppimiseeni ja kehui autoa. Pari

tonnia painavan malmikasan vieminen nelipyöräluisussa

vaati autolta tehoa ja vääntöä. 421 heppaa, 650 Newtonia

ja auto meni juuri sinne mihin käskettiin. Tyytyväinen olin

itsekin. Pelkäsin pahoin, että opittuja taitoja tullaan vielä

tarvitsemaan.

Palautin kouluttajan Supoon ja lähdin ajelemaan kotia

kohti. Noustessani Sörnäisten rantatieltä Itäväylälle soitti

ystäväni Kari: "Terve eläkeukko, olet näköjään hommannut

ittelles messevän menopelin, ajoin äsken sun rinnalla

Sörnäisten Rantatiellä." "Terve, huomasin kyllä sinut,

44

mutta en ehtinyt vielä soittamaan, olit nopeampi. En ole

voittanut lotossa, sitä kuitenkin olisit kysynyt seuraavaksi.

Mua pyydettiin yhteen juttuun mukaan ja suostuin." "Tuliko

aika pitkäksi, vai oliko tarjous, josta ei voinut kieltäytyä?

"Vähän molempia, homman budjetti on riittävä ja sain mitä

halusin. Kykenin kerrankin hommaamaan haluamani

kulkupelin, eikä tarvinnut tinkiä mistään kivasta

varusteesta, eikä tehoista. Tilaaja edellytti jopa

panssaroitua peliä, mutta eihän niitä saa kuin pitkällä

ventalla. Auto saatiin parissa päivässä, vaikka alustaa

vähän jäykistettiin ja asennettiin " lastu" lisäämään potkua

koneeseen." "Okei, on varmaan makee ajaa." "Kyllä vaan,

tästä työkeikasta en sitten voi kertoo yhtään enempää.

Saatan tarvita sun apuas, jos tulee enempi kuskattavia.

Meillä on vaan neljä sitsiä. Tää juttu on top secret, tai vielä

salaisempi." "Ok ymmärrän, enkä kysele enempää."

Kariin voi aina luottaa, oli isona apuna aiemmassa

valtiovierailussa ja jopa huomasi terroristit ajoissa, niin

pääsi poliisit ja armeija ajoissa hätiin.

Jorma odotteli Irinaa Juttutuvan ulkopuolella kosteassa

tuulessa melko kauan ja epäili ettei tämä saapuisikaan.

Irina osasi hommansa ja toteutti opetettuja temppuja, antoi

toisen odotella ja lämmetä sopivasti. Sitten kun hän viimein

saapui hyvin meikattuna, seksikkäästi pukeutuneena ja

nuttura avattuna sekä tummien hiusten lainehtiessa

valtoimenaan, oli Jorma myytyä miestä.

Sisällä ravintolassa oli tosi kova hälinä, taisi olla jotkut

sukujuhlat meneillään.

He tilasivat hyvät pihvit ja pullon punkkua. Ruokaa

odotellessa Irina alkoi hienovaraisesti kyselemään Jorman

meneillään olevista töistä.

"Sinua ei ole toimistolla paljon näkynyt, onko jotain

erikoisempaa meneillään? "Jos kysyjä olisi ollut joku muu

kuin vanha rakas työkaveri, ei Jorma tietenkään olisi

kertonut mitään, mutta Irinan kanssa oli tunnettu niin

kauan, etteivät epäilykset heränneet.

"Onhan mulla yks juttu, mutta en voi siitä kertoa sen

enempää. Voi jopa olla, ettei minua näy toimistolla kovin

paljon, olen kaiken lisäksi virkavapaalla."

Irina katsoa tapitti Jormaa suoraan silmiin ja kysyi:

"Taitaa olla joku salainen erikoisjuttu, virkavapaa ja

kaikkee." Jorma vältteli Irinan katsetta, oli vähän

vaivautunut ja sanoi: "Puhutaan jostain muusta kuin

työasioista. Puhutaan vaikka meistä."

Irina päätteli jotain erikoista olevan meneillään. Tästä on

raportoitava Iivanalle välittömästi, on hyvin epätavallista

olla virkavapaalla ja töissä samaan aikaan, eikä Jorma saa

kertoa mitään edes minulle. Pakko olla iso ja top secret

juttu, koska siihen on valittu yksi kokeneimmista

virkamiehistä.

Pihvit syötyään kaksikko suuntasi Porthaninkatua pitkin

Irinan asunnolle, he nousivat portaat kolmanteen

kerrokseen toisiinsa nojautuen.

Irina otti kaikki opetetut temput käyttöön, suuteli Jormaa,

alkoi riisua tätä vaatekappale kerrallaan ja sanoi: "Haluan

sinut nyt, olen odottanut tätä kauan, tule."

Kun hommat oli tehty, tupakat polteltu ja Jorma oli

raukeimmillaan, kysyi Irina varovasti ja ovelasti. "Haluan

tätä lisää ja usein, joudutko olemaan paljon poissa ja

jätätkö minut nyt yksin ja puutteeseen? Jorma vastasi vähän

varomattomasti: "En tiedä itsekään, riippuu suojeltavan

henkilön menoista ja aikatauluista." Irina ei uskaltanut

tentata enempää, saihan hän kuitenkin jo aika paljon tietoja

ongittua.

Aamuksi oli sovittu lähtö Jyväskylään Viestikoelaitokselle ja

Jorma joutui lähtemään kotiin, eikä voinut jäädä Irinan

asunnolle yöksi, vaikka mieli olisi tehnyt lisää.

7.

Vaimo kysyi aamupalan ääressä, meneekö tänään myöhään

työkeikalla. Vastasin ystävällisesti ja varovasti: "Olen

kuljettaja, enkä ennustaja, veikkaus on, että menee

myöhään. Suuntaamme maaseudulle ja en tiedä kauanko

perillä viivytään." Vaimo kommentoi tuttuun tyyliinsä:

"Taitaa taas olla toi sun duuni samanlainen kun keväällä

ollut keikka, eli et saa kertoa mulle mitään siitä kenen

kanssa päivät hengaat ja mitä puuhaatte." Vastasin arvion

olevan oikeaan osunut ja kerroin että työn tilaaja ei ole

ulkolainen, vaan Suomen valtio ja suu supussa siitäkin.

Hän toivotti hyvää matkaa koko porukalle ja toivoi että työ

on edes mukavaa ja turvallista ja viihdyttävää.

Haimme Jorman kanssa Kustaan Espoosta ja Bildenbergin

liikelennosta, johon hän oli tullut taas omalla koneella.

Matkalla Viestikoelaitokseen Tikkakoskelle tuli Kallelle

tekstiviesti: "Useita valeuutisia julkaistu. Valtorin, eli

Valtion tietotekniikkakeskuksen sivut eivät toimi. Telian ja

Elisan verkoissa pahoja häiriöitä. Helsingin Energian

sähköverkko tökkii, eikä Nordeankaan sivut toimi."

Kalle käski Bildenbergin avata läppäri ja tsekata uutisointi,

hän tekee samoin.

Sieltähän trollauksia alkoikin löytyä useita ja monenlaisia.

Väitettiin että Suomen ja Venäjän kaksoiskansalaisia olisi

pahoinpidelty ja vangittu, koska he olivat hakeneet virkaa rajavartiolaitoksesta. Toisen valeuutisen mukaan

Venäläisten lapsia olisi huostaanotettu ilman syytä.

Vaarallisin uutinen väitti Suomen sopineen 200 uuden

Hornet-hävittäjän tilauksesta, joiden toimitus alkaa

välittömästi ja pikavauhtia.

Venäjän Presidentti Ivanov piti televisiossa kovasanaisen

puheen:" Suomi on lähtenyt todella vaaralliselle tielle.

Suomen toimet Venäjän kansalaisia vastaan, suuret

asehankinnat ja veljeily lännen ja Naton kanssa on melkein

sodanjulistus. Venäjä harkitsee välittömiä vastatoimia."

Takapenkillä menivät ilmeet vakaviksi ja Kalle käski pistää

vauhtia masiinaan, nyt on kiire.

Jorma ilmoitti poliisille: "Meitä ei saa pysäyttää, tullaan

todella kovaa vauhtia." Otettiin sininen magneettivilkku

valmiiksi, jos alkaa olla paljon liikennettä, niin heitetään se katolle. Vielä päästiin sujuvasti ohittelemaan, vaikka vauhti

huiteli sadassa kuudessa kympissä.

Presidentti soitti Mäntyniemestä ja kertoi että Telian

puhelinverkossa on pahoja häiriöitä, samoin sähkönjakelu

tökkii. Venäläiset ovat aloittaneet infran häirinnän. Hän

käski seurata tilannetta tarkkaan. Presidentti myös käski

ottaa pikaisesti yhteyttä Naton pääsihteeriin ja sopia

salainen tapaaminen välittömästi.

Onneksi koko valtiojohto oli asioista samaa mieltä, koska

Presidentti Säynästö toisti Pääministerin meille antamat

ohjeet melkein sanasta sanaan.

Vauhdikkaan ajon jälkeen saavuttiin Tikkakoskelle ja pojat

ryntäsivät maanalaisiin Viestikoelaitoksen tiloihin.

Jorma kiitteli turvallisesta kyydistä, vaikka oli muutama

tiukka tilanne. Muut autoilijat eivät aina heti tajunneet

kuinka kovaa takaa tultiin, loppumatkaksi jouduttiinkin

laittamaan sininen vilkku katolle ja sitten alkoi pelittämään

ja tilaa löytymään.

Kuulimme tietenkin mitä takana oli puhuttu ja oli helppo

ymmärtää tilanteen olevan vakava. Sanoin Jormalle nyt

tajuavani kuinka suuret asiat ovat kyseessä. Alkoi tuntua,

että Jorman tuomat MP 5 konepistoolit, jotka olivat auton

takakontissa voivat vielä olla tarpeen. Onneksi olin saanut

Santahaminan ampumaradalla harjoitella ampumista sekä

MP:llä että Clockilla, omasta varusmiespalveliksesta oli jo

aikaa yli neljäkymmentä vuotta ja tuntuma aseisiin oli

kadonnut.

Kävimme vuorotellen sisällä syömässä, koska paluumatka

voi alkaa koska vain, eikä autoa voinut jättää vartioimatta

hetkeksikään.

Moskovassa ulkomaantiedustelun päämajassa tarkkailtiin kaikkea Suomessa tapahtuvaa herkeämättä. *Tehtaankadun* lähetystöön oli lähetetty lisämiehitystä, varsinkin verkkojen kuunteluun erikoistuneita nuoria taitureita.

Venäjän pojilla on ympäri Suomea tarkkailupisteitä, varsinkin lähellä varuskuntia ja sotilaskohteita

Vuotta aikaisemmin oli jo aloitettu Viestikoelaitoksen intensiivinen tarkkailu, sinne johtavan ajotien varrella olevasta vuokra-asunnosta käsin.

Vuorossa oleva tarkkailija huomasi vauhdilla kulkevan Volvon, jossa oli sinivilkut katolla. Hän kirjasi sen ylös ja otti yhteyden Moskovaan. Päämajasta käskettiin lähteä seuraamaan autoa, sen lähtiessä paluumatkalle ja selvittää kenen se on, kuka sillä liikkuu ja mihin se on menossa.

Pojilla on harmaa Toyota Avensis, eihän se mikään mukava peli ollut, mutta sopivan huomaamaton. Kaksi tiedustelupalvelun virkailijaa ajoi sopivaan *kyttäyspaikkaan, josta päästäisiin seuraamaan Volvoa sen*

lähtiessä liikkeelle.

Kallelle kerrottiin ja näytettiin Viestikoelaitoksen

monitoreista mitä Venäjän puolella rajaa tapahtuu.

Joukkoja on tullut paljon lisää, varusteista päätellen

erikoisjoukkoja, panssareita, helikoptereita ja merellä

voimakasta liikehdintää, useita aluksia on startannut

Kronstatdin satamasta kohti länttä.

Juuri kun olimme Jorman kanssa saaneet vatsamme

täytettyä, ryntäsivät Kalle ja Johan kyytiin ja lähdettiin

vauhdilla kohti Helsinkiä.

Kalle otti puhelun Naton pääsihteerille ja sopi tapaamisen

Hampuriin niin pian kuin mahdol-lista. Pääsihteeri oli

todella huolissaan Venäjän liikehdinnästä Suomen rajan

läheisyydessä. Kallen selitettyä mitä Suomi ja Ruotsi

suunnittelevat, oli norjalainen pääsihteeri kuin puulla

päähän lyöty, mutta pienen mietinnän jälkeen samoilla

linjoilla Kallen ja Johanin kanssa.

Hän lupasi järjestää puhelinkokouksen Yhdysvaltojen

Presidentin kanssa ja ottaa Naton eurooppalaisten jäsenten

kannan selville.

Meille tilattiin jo samaksi illaksi paikat klo 17.00

Vuosaaresta lähtevään Finnstar laivaan, joka olisi jo

seuraavana iltana 21.30 Travemyndessä.

Lentäen ei uskallettu lähteä Saksaan, koska venäläisillä on

silmiä ja korvia lentoasemilla ja he pääsevät

matkustajatietoihin käsiksi.

Meille tuli niin kiire satamaan, että ei ehdittäisi hakemaan

varusteita kodeista matkaa varten.

Sain Kallelta luvan järjestää matkatavara asian ja soitin

Karille: Terve Kari, jos sulla on aikaa, niin tarvitsen apua.

Aja Espooseen antamaani osoitteeseen, saat sieltä laukun ja

sitten meiltä himasta minun laukkuni ja Vuosaaren sataman

ABC:lle odottamaan meitä." Onneksi olin varoittanut Karia

mahdollisesta avun tarpeesta. Hän ei pelimiehenä alkanut

kyselemään turhia, vaan sanoi: "Ok, vapauduin juuri

Karaportissa Nokian toimistolla ja olen ABC:llä tunnin

päästä." "Kiitti riittää hyvin, meillä menee vähän

kauemmin."

Kalle soitti vaimolleen ja pyysi pakkaamaan laukun,

Johanin kamat olikin jo kyydissä.

Lähetin vaimolle Whats App viestin: "Kolmen päivän

puhtaat vaatteet kassiin, Kari tulee kohta hakemaan ne.

Tulen kotiin, kun pääsen, työreissu." Vaimo oli näihin mun

työjuttuihin vuosien varrella tottunut ja vastasi vain ok,

hyvää matkaa.

57

Jorma järjesti Supon kautta Finnlinesille tiedon, ettei meitä

saa kirjata mihinkään tiedostoihin, eikä autoa saa kuvata,

kun saavumme laivaan. Samoin Saksaan meni tieto, että

meidät on päästettävä maahan tarkistamatta ja tutkimatta.

Vähän joka puolella ihmeteltiin näitä pyyntöjä, mutta

kuitenkin eurooppalainen tiedusteluyhteistyö toimii niin

hyvin, että asia saatiin järjestykseen.

Kun olin vielä työelämässä hoidin Finnlinesin

miehistökuljetuksia ja sain silloisen tutun kautta syötettyä

auton rekisterinumeron sataman tietojärjestelmään ja

pääsisimme ajamaan sataman porteista läpi ilman

pysähdyksiä suoraan laivaan sisälle ja piiloon.

Arvonsa tunteva ja kultalusikka suussaan syntynyt Johan

mökötti, suupielet olivat alaspäin ja mies oli maansa

myyneen näköinen. Hän ei ollut tottunut kulkemaan

58

rahtilaivalla, vaan bisnesluokassa tai omalla jetillä. Hän

arveli, ettei siellä saa edes kunnon ruokaa ja onko hyttikään

kelvollinen.

Samalla laivalla itse aikaisemmin matkustaneena pystyin

lohduttamaan häntä tiedolla laivan hotellitasoisesta ja

viisisataapaikkaisesta matkustajaosastosta.

Ajomatka kohti Helsinkiä ja Vuosaaren satamaa sujui

mukavasti kauniissa säässä, takapenkkiläisten soitellessa

omien maidensa päättäjille ja myöskin Naton pääsihteerille.

Meillä oli riittävästi aikaa, eikä tarvinnut ajaa huomiota

herättävän nopeasti.

Jorma oli jo jonkin aikaa tuijotellut taustapeiliin ja sanoi

epäilevänsä, että meitä seurataan. Harmaa Avensis oli ollut

perässä jo pitkän aikaa, ehkä Viestikoelaitokselta asti.

Päätettiin ajaa seuraavalle levähdyspaikalle ja katsoa

seuraako auto meitä sinne. Ajettiin rampista ylös ja

levähdyspaikalla olevan kahvion luokse. Jorma meni

hakemaan meille kahvit ja näki seuraajien jääneen

pysäköintialueen reunaan ja miesten pysyvän autossaan

sisällä. Lähdettiin normaalisti liikkeelle, eikä mitenkään

osoitettu, että olisi huomattu heidät.

Auto pitäisi saada pois perästä, niin etteivät he tiedä

paljastuneensa. Päätettiin pyytää siviilimallinen poliisiauto

hidastamaan heitä ja jos se ei onnistu, niin pysäyttämään ja

vaikka sakottamaan, ainahan siihen joku syy löytyy.

Jorma sai hoidettua asian ja valkoinen Skoda Octavia odotti

meitä Ahtialan liittymässä niin ylhäällä, ettei sitä nähnyt

moottoritieltä.

Kun oltiin ohitettu liittymä ja nähtiin taustapeilistä Skodan

olevan sopivasti rekan rinnalla, eikä seuraajat päässeet ohi,

niin silloin laitettiin puita pesään.

Onneksi liikenne oli hiljaista ja voitiin pitää helposti

haluttua nopeutta, joka ei ollut ihan vähän.

Poliisit pitivät seuraajia useita kilometrejä takanaan

ajamalla rekan rinnalla.

Avensiksessa käytiin todella kuumana, valojen vilkuttelu ja

torven soittaminen oli rajua. Poliisit päättivät lähteä

seuraamaan Toyotaa, jos heidän ajamisensa käy

vaaralliseksi tai he alkavat saavuttaa meitä liikaa.

Venäläisillä oli käsky seurata meitä keinolla millä hyvänsä

ja heidän oli pakko yrittää ottaa meidät kiinni. Heidän

vauhtinsa nousi vaarallisen kovaksi ja poliisien oli pakko

sytyttää vilkut ja punainen pysäytysvalo.

Venäjän pojat kyllä yrittivät karkuun, taidot eivät riittäneet,

eikä Avensis pärjännyt poliisien RS Oktavialle. Avensis

kiilattiin tiensivuun ja venäläiset laitettiin rautoihin pienen

painin jälkeen. Venäläisten autosta löytyneen luvattoman

käsiaseen ja karkuun ajon vuoksi heidät pidätettiin ja

kännykät otettiin talteen, etteivät he päässeet kertomaan

61

tapahtuneesta Moskovaan. He saivat syytteen terrorismista

ja virkavallan vastustamisesta.

Saimme tiedon, että ei tarvitse enää pitää kiirettä, koska

seuraajat ovat raudoissa.

Lahden moottoritieltä kehä kolmoselle käännyttyämme

ilmoitin Karille: "Viisi minuuttia, kun pysähdymme niin

laita kassit meidän takakonttiin, ei puheita, me jatkamme

välittömästi matkaa." Pelimiehenä Kari ymmärsi heti ja

sanoi vain OK.

Ajoimme Hansaterminaalin henkilöliikenne portista

huomaamattomasti satama-alueelle, kaikki portit aukenivat

tunnistettuaan järjestelmään syötetyn Volvon

rekisteritunnuksen. Onneksi olin käynyt satamassa

kymmeniä kertoja ja tiesin miten siellä liikutaan, joten

osasin väistellä trukkeja ja konttilukkeja. Paikka voi

ensikertalaiselle olla sekava ja vaarallinen.

Viennin lisäännyttyä satamassa oli todella vilkasta ja paljon

liikennettä, joten meihin ei kiinnitetty mitään huomiota.

Finnstar seisoi sataman vasemmassa reunassa, kuten aina.

Kontteja vedettiin kovalla vauhdilla ruumaan ja kolina ja

pauke oli kova. Laivojen purkaus ja lastaus toimii

tehokkaasti, nopeus on valttia ja aika on rahaa.

Pääsimme ajamaan suoraan laivaan sisälle, meille

varattuun suojaiseen paikkaan. Yön hämärinä tunteina

meillä oli Jorman kanssa tarkoitus käydä vaihtamassa

auton rekisterilaatat, koska oli epäilys, että meitä

seuranneet agentit ovat ehkä ehtineet ilmoittaa tiedot

eteenpäin. Onneksi autoon oli varattu mukaan useammat

erilaiset rekisterikilvet, jos niitä joudutaan vielä

vaihtamaan.

Laivan respasta saatiin avaimet meille varattuihin kolmeen

rinnakkaiseen hyttiin, Kallelle ja Johanille oli varattu

63

"Swiitit" ja me Jorman kanssa mentiin tavalliseen yhteiseen

hyttiin, mutta se oli ihan OK.

Pomoille tuotiin ruuatkin hytteihin, että heihin ei

kiinnitettäisi huomiota heidän liikkuessaan laivalla.

Varsinkin Kalle on suomalaisten hyvin tuntema ja heidän oli

parempi olla näkymättömissä.

Irina lähetti Iivanalle viestin kiireisestä tiedotettavasta ja he

tapasivat illalla Majava baarissa, niin kuin oli sovittu.

Irina kertoi tavanneensa Jorman ja saaneensa ongittua tältä

tietoja. Iivana alkoi tenttaamaan, kerro kaikki mitä tiedät.

"Yksi kokeneimmista virkailijoista jäi virkavapaalle, mutta

on kuitenkin töissä. Häntä ei ole tänään saanut kiinni

puhelimella. Hän ei vastaa minun viestipyyntöihini, vaikka

meillä on suhde ja olemme hyviä ystäviä. Hän myös kertoi

tehtävän liittyvän henkilösuojaukseen. Sitä ketä tai keitä

pitää suojata hän ei kertonut, kaikki on niin salaista. Olen

64

ollut niin kauan virassa, että minulle on aina kerrottu mitä

olen kysynyt.

Iivana kiitti Irinaa tiedoista ja käski hänen onkia niin paljon

uutta tietoa kuin vain pystyy ja ottaa kaikki mahdolliset

keinot käyttöön.

Iivana mietti ankarasti mitä nyt on oikein meneillään. Kaksi

tiedusteluvirkailijaa on kadonnut, heidän lähdettyään

seuraamaan salamyhkäistä Volvoa Tikkakoskelta.

He ehtivät ilmoittaa auton rekisterinumeron minulle ennen

katoamistaan.

Autorekisterikeskus ei antanut mitään tietoja autosta sitä

kysyessäni. Kun vaadin julkista tietoa itselleni, minulle

sanottiin:" Sellaista rekisterinumeroa ei ole olemassakaan"

ja lyötiin luuri korvaan.

Villi arvaukseni on, Irinan työkaverin salamyhkäinen

henkilösuojauskeikka ja mystinen Volvo liittyvät yhteen.

Missään lehdissä tai julkisuudessa ei ole tietoa tärkeistä

vieraista tai vierailuista. Yleensä toimittajat penkovat

65

kaiken esiin, julkaisevat lehdissä ja muissa medioissa, sekä

arvuuttelevat miksi kukakin on Suomeen tullut ja ketä

tapaavat.

Tästä on pakko raportoida Moskovaan

ulkomaantiedusteluun ja siirtää vastuu heille.

8.

Moskova

Kremlissä Presidentti Ivanov ja armeijan komentaja Oleg

Zimin pitivät palaveria suljettujen ovien takana.

Presidentti kaatoi venäläiseen tapaan vodkaa laseihin ja

osoitti pöydän runsaita antimia laajalla kädenliikkeellä. "

Ota toveri herkkuja, niitähän meillä riittää." Ivanov vielä

naureskeli, näytti komentajan vatsaa ja sanoi: "Onhan tuo

ruoka sinulle kyllä maistunutkin. Mennään sitten

varsinaiseen asiaan, en pyytänyt sinua pelkästään syömään

ja juomaan.

Olet kuulemma jo saanut armeijan varustautumisen Suomen

miehitykseen hyvin käyntiin." "Kyllä, joukkoja on siirretty

rajan tuntumaan jo aika paljon. Kalustoa alkaa kohta olla

riittävästi. Tarvitaan vielä pari päivää huollon ja

muonituksen riittävyyden varmistamiseen." Ivanov kiitteli

nopeasta toiminnasta, mutta sanoi: "Kaksi päivää täytyy

riittää. Länsimaat ja Nato kyllä tietävät meidän keskittäneen

joukkojamme Suomen rajan läheisyyteen. He

todennäköisesti alkavat myös siirtää joukkojaan

lähemmäksi. Minä eilen vaalipuheessani uhosin meillä

olevan uudenlaisia ohjuksia ja asejärjestelmiä, se oli

tarkoituksellista hämäämistä ja uhoamista.

Minä uskon vakaasti, että Nato ja USA eivät tule Suomen

avuksi, eivät ehdi, eivätkä halua ottaa riskiä suursodasta.

He ovat, kuten tiedämme, pehmeitä ja arkoja, eikä Suomi

merkitse heille mitään, varsinkaan kun se ei ole vielä Naton

jäsen."

Oleg vastasi Ivanoville pienen miettimisen jälkeen: "Olen

samaa mieltä. Luullakseni myöskään Eu ei halua liata

käsiään, kaikille on oma napa tärkein.

Ehdottaisin että ilmoitamme pitävämme länsirajallamme

joukkojen keskittämisharjoituksen, koska Pietarin

sotilaspiirissä on paljon uusia upseereita ja he tutustuvat

näin alaisiinsa ja joukkoihinsa. Voisimme myös antaa

lisäpainetta Itämeren alueelle määräämällä laivastolle

ohjusharjoituksen niin lähelle Ruotsin rannikkoa kuin

mahdollista.

Saisimme ainakin päivän lisää aikaa, kun lännen johtajat

miettivät mitä me oikeasti teemme." Ivanov piti ehdotusta

hyvänä ja kehui Olegin olevan oikea valinta armeijan

johtoon, koska tällä on omiakin ehdotuksia.

Herrat nostivat vielä maljan, jos toisenkin, Venäjän

tulevalle alueliitokselle.

Maljojen juonti keskeytyi, kun ulkomaantiedustelun johtaja

ohjattiin Presidentin luo.

Hänellä oli tärkeää ilmoitettavaa: "Toveri Presidentti,

olemme saaneet Suomesta tietoja, siellä on jotain erikoista

meneillään. Kaksi agenttiamme on kadonnut heidän

lähdettyä seuraamaan Suomen Viestikoelaitokselta

lähtenyttä autoa.

Lisäksi meillä on yksi illegaali heidän Suojelupoliisissa

etsivänä ja siellä on jotain salaista meneillään." "Kiitos

tiedosta, seuratkaa tilannetta ja informoikaa minua.

Helsinki

Kaartinkaupungissa Suomen puolustusvoimien päämajassa

alkoi hätäkokous, jota isännöi Puolustusvoimien komentaja,

paikalle oli kutsuttu Pääministeri, Puolustusministeri sekä

Eduskunnan puhemies. Myöskin Tasavallan Presidentti oli

tulossa kovalla kiireellä.

Puolustusvoimien komentaja aloitti puheen vakavana ja

huolestuneen näköisenä.

"Olette kaikki varmaan jo nähneet venäläisten

trollausuutiset ja Ivanovin jyrkän puheen. Joko he haluavat

säikytellä meidät niin että emme liittyisi Natoon tai sitten

tämä on aloitus jostain suuremmasta. Kaikille tiedoksi,

ryssä on keskittänyt paljon joukkoja rajan läheisyyteen.

Tiesimme sen itsekin, mutta olemme saaneet satelliittikuvaa

Jenkeiltä, joka vahvistaa joukkojen siirrot. Venäläiset

ilmoittivat äsken, että heillä on käynnissä harjoitus, mutta

Ryssän tuntien mikään ei ole varmaa. Meidän on varauduttava pieniin vihreisiin miehiin ja niitä voi tulla rajan täydeltä. Se on jotain ihan muuta, kuin Ukrainaan saapunut pikkuryhmä.

Itänaapurilla menee vähintään kaksi päivää ennen kuin he voivat ylittää rajan. Huolto pitää ensin järjestää, ilman polttoaineita ja muonitusta ei voi suuria joukkoja lähettää mihinkään." Olen antanut käskyn suurharjoituksesta, joka on jo alkanut. Myöskin kaikki viimeisen viiden vuoden aikana armeijan käyneet on kutsuttu pikakertausharjoituksiin. Kaikki lomat on peruttu, myöskin rajavartiolaitos on hälytetty täyteen valmiuteen.

Pääministeri sai seuraavan puheenvuoron. "Tätä olemme HUTVA;ssa käsitelleet ja pelänneet. Tämä voi liittyä myös Venäjän vaaleihin, Ivanov hakee kansalta arvostusta ja huomio käännetään pois kotimaan mielenosoituksista ja maan talouden kurjasta tilasta. Onneksi meillä oli tällainenkin skenaario mietittynä ja armeija on toiminut

valmiin suunnitelman mukaan."

Ovet avautuivat ryminällä ja Presidentti säntäsi paikalle

kovalla vauhdilla. Kaikki nousivat seisomaan, mutta

Presidentti käski kaikki istumaan ja sanoi: "Nyt ei turhia

pokkuroida. Olen jo saanut täyden tilanneselostuksen ja

tilanne on vakava.

Olen varma, että ryssä on päättänyt miehittää Suomen, he

pelkäävät liittymistämme Natoon.

Kyllähän he tietävät meidän tehneet tunnusteluja siihen

suuntaan ja asia on heille punainen vaate. Nyt joudun teille

tunnustamaan, että olemme ruotsalaisten aloitteesta

aloittaneet tunnustelut Suomen ja Ruotsin liittymisestä

Natoon yhteisellä anomuksella. Se tarkoittaa myös

yhteistyön radikaalia lisääntymistä maidemme välillä. Tämä

on aloitettu huippusalaisesti, etteivät venäläiset saa siitä

vihiä."

Eduskunnan puhemiehellä meni herne nenään ja hän

puuskahti tuohtuneena: "Näin suuressa ja tärkeässä asiassa

eduskunta ja kansalta kysyminen on ohitettu kokonaan. Tätä

olisi pitänyt käsitellä valiokunnissa ja tehdä

parlamentaarinen päätös äänestämällä."

Presidentti korotti ääntään, joka ei ollut ihan tavallista ja

vastasi: "Nyt ei puhemies taida ihan olla kartalla. Tieto

olisi levinnyt itänaapuriin saman tien ja panssarit ei enää

olisi rajalla, vaan Senaatintorilla. Nyt on syytä unohtaa

kaikenlainen puoluepolitikointi ja ottaa kerrankin maan etu

etusijalle, vaikka se oman edun tavoittelijoille onkin

vaikeaa. Meillä on neuvottelijat Suomesta ja Ruotsista

matkalla tapaamaan Naton pääsihteeriä, joka on jo ollut

yhteydessä muihin Natomaihin. Meille on alustavasti luvattu

tukea, jos Venäjä hyökkää. On myöskin sovittu Suomen ja

Ruotsin puolustautuvan yhdessä hyökkääjää vastaan.

Ruotsilta on luvassa paljon hävittäjiä avuksi ja meidän

uuden aseemme Hyppymiinan levitys rajoille on jo

aloitettu. "

Pääministeri kysyi Presidentiltä hämmästyneenä:

"Tarkoittaako tämä jonkinlaista yhteen-liittymää tai

Valtioliittoa?" "Kyllä, jopa maiden yhdistymistä ja

nousemista yhdeksi Euroopan merkittävimmistä valtioista.

Kaikesta tästä oli tarkoitus aloittaa neuvottelut heti kun olisi

saatu Natolta vihreää valoa. Nyt ryssän toimet muuttivat

tilanteen, eikä voitu yhtään aikailla. "

Presidentti poistui paikalta yhtä kovalla vauhdilla, kuin oli

tullutkin. Huoneeseen jäi jäätävä hiljaisuus ja haukut

saanut tulipunainen eduskunnan puhemies.

Tukholma

Ruotsin Pääministeri ja Puolustusvoimien komentaja pitivät vakavailmeisinä neuvonpitoa Suomen tilanteesta ja Pääministeri kertoi mikä on tilanne tällä hetkellä. "Suomi tarvitsee meiltä apua välittömästi, koska Natohomma on vähän kesken. Johan Bildenberg on Kustaa Häkkisen kanssa illalla myöhään menossa tapaamaan Pääsihteeriä Hampuriin. Eivät uskaltaneet mennä Brysselin päämajaan, koska siellä on venäläisillä miehet kyttäämässä kulkijoita. Pääsihteeri tulee Hampurin Raatihuoneelle ja kokoustavat siellä.

Meidän on laitettava Sata Jas 39 hävittäjää täyteen hälytysvalmiuteen, jos vaikka venäläiset lähtevät ylittämään rajaa. Yhdessä Suomen Hornetien kanssa olisi silloin 150 koneen hävittäjälaivue. Onhan se iso hidaste idän miehille, varsinkin kun suomalaisia erikoisjoukkoja on jo paljon matkalla rajaseuduille. Heti kun olemme saaneet Hampurista vihreää valoa neuvotteluista, voimme pyytää

75

valtaapitävät kuningas mukaan lukien tiedotustilaisuuteen

ja julkistaa sopimuksen Valtioliitosta.

Kova meteli siitä tietysti nousee, mutta ei meillä eikä

Suomella ole vaihtoehtoja.

Komentaja kommentoi takaisin: "Asia ymmärretty, näin

toimitaan. Voihan olla, että vuosien saatossa nähdään

tämän liiton olevan molemmille maille siunaukseksi."

Pääministeri oli samaa mieltä.

9.

Suomenlahti

Siirryimme Jorman kanssa laivan ruokasaliin illalliselle,

aikaahan meillä oli koko ilta. Ruokaviinit jouduttiin tosin

jättämään yhteen lasilliseen, koska huomenna on oltava

teräkunnossa. Kalle ja Johan illastivat Kallen hytissä ja

punoivat neuvottelustrategiaa huomiseksi. Auton

rekisterikilpi oli käyty vaivihkaa vaihtamassa ja meillä oli

kaikki valmiina huomista Hampuriin ajoa varten.

Ruokasalissa oli yllättävän paljon väkeä. Pöydissä näkyi

Kristina Cruises kylttejä, näytti olevan iäkkäämpää väkeä

lomamatkalla. Olen käyttänyt heidän palvelujaan usein ja

nytkin näytti olevan tuttu opas, joka moikkasi iloisesti.

Toivotimme heille hyvää matkaa ja siirryimme

löytämäämme rauhalliseen kulmapöytään.

Jorma kysyi, kuinka aika oli kulunut eläkkeellä ollessa?

Vastasin heti kun sain peuranpaistin pureksittua: "Kiitos

kysymästä, oli paljon univelkaa ja stressiä, kyllähän sä nää

duunit tiedät. Nyt on saanut levättyä kropan ja pään

kuntoon ja mökiltähän sä mut tavoitit, siellä on tullut

puuhailtua kaikenlaista. Olen todella tyytyväinen tekemääni

päätökseen, taksityö ainakin Helsingissä muuttuu

sellaiseksi, etten halua siinä olla mukana millään lailla.

Taksiasemilla tulee olemaan riitaista eri toimijoiden kesken

ja ehkä siellä vähän painitaankin. Asiakkaat alkavat

tinkimään hinnoista, eli on palkkaneuvottelut joka kerta kun

lähdetään liikkeelle. Tällä iällä ei hermot sitä enää kestä.

Mites itselläsi pyyhkii, ootko löytänyt ittelles morsianta?

Jorma hymyili ilkikurisesti ja vastasi: "Tavallaan olen,

ollaan lämmitelty uudestaan vanhaa suhdetta yhden Irinan

kanssa ja katsomme yhdessä, miten homma lähtee

pelittämään." "Hieno homma, onnittelut molemmille. Mites

luulet sotelle käyvän Eduskunnassa? Jorma sanoi: "Ei

puhuta politiikka, kun hän on Valtiolla töissä, eikä voi

kuitenkaan kommentoida. Toki näin meidän kesken tämä

hallitus ei kuuntele asiantuntijoita, kuten nähtiin

Liikennekaaren käsittelyssäkin.

Runnotaan laki läpi ja aletaan sitten korjaamaan ja

ihmettelemään että näinkö tässä kävi, tuli sutta ja sekundaa.

Olen myös kuullut, että Trafissa ollaan ihan pihalla siitä,

miten taksiliikennettä tullaan valvomaan. Siellä ei ole töissä

ketään, joka ymmärtäisi edes sitä, kuinka taksiliikenne

toimii. Ne tulevat antamaan veronkiertäjille avoimen

valtakirjan, kuulemma edes taksamittaria ei tarvita."

Kerroin olevani samaa mieltä ja kuulleeni myös asioista

päättävien kysyvän, mihinkä LY-tunnusta muka tarvitaan?

Sehän on tunnus, jolla yritys yksilöidään valtion

järjestelmiin. Porukat taitavat olla ministeriössä ihan

pihalla. Päätettiin keskittyä nykyiseen tehtävään täysillä, ei

me kuitenkaan mahdeta hallituksen päätöksille mitään.

Lähdettiin ruuan jälkeen laivan kannelle kävelemään, että

saadaan kroppa pysymään vireessä. Mieli mukavasti

rauhoittui laivan kannella kävellessä ja uni tuli helposti, oli

aavistus, että lepoon ei lähipäivinä jää paljon aikaa.

Saksa

Laiva saapui Travemyndeen aikataulussa ja olimme autossa

valmiina, että päästään heti lähtemään kohti Hampuria, kun

ajoramppi lasketaan alas.

Oli jo pimeää, päästiin laivasta heti ensimmäisenä ulos.

Ajomatkaa on alle tunti, suurin osa jo illalla hiljaista

moottoritietä. Tapaaminen on sovittu Raatihuoneelle, joka

on aivan kaupungin keskustassa.

Yöpyminen Grand Elysee hotellissa ja pika-vauhtia takaisin

laivalle, jos kaikki menee suunnitelmien mukaan.

Kurt Köpke lopetteli iltavuoroaan sataman portilla. Hän

huomasi Finnstar laivasta tulleen Volvo maasturin sen

ajaessa portille ja päästi sen kulkemaan ilman pysäytystä

läpi. Tunti aiemmin oli tullut määräys Saksan poliisilta,

laivasta saapuva Volvo on päästettävä läpi, eikä sitä saa

tarkastaa, eikä matkustajien henkilöllisyyttä kysyä.

Työkavereiden kanssa oli ihmetelty ennenkuulumatonta

käskyä ja arvuuteltu ketkä sillä autolla kulkee.

Kurt, joka oli muuttanut Länsi-Saksan puolelle pienestä

kylästä aivan Puolan rajan tuntumasta, oli pestattu Venäjän

tiedustelun palvelukseen jo parikymmentä vuotta sitten.

Päästyään satamaan töihin, hän oli tehnyt maksua vastaan

tietenkin, erilaisia tiedustelutehtäviä ja kulkijoiden

tarkistuksia ja ilmoittanut niistä yhteyshenkilölleen

Moskovaan.

Kaikille Venäjän agenteille oli tullut määräys vaalean

Volvo maasturin huomioimisesta Suomessa, mutta myös

lähimaiden satamissa.

Kurt viestitti tiedot autosta eteenpäin ja hänelle luvattiin

normaalia suurempi palkkio, koska tiedot olivat niin

tärkeitä. Pääsisiköhän hän vaimon kanssa jopa Krimille

lomalle, sitä hän oli aina toivonut.

Moskovassa ulkomaantiedustelun päämajassa mietittiin

Saksasta tulleita tietoja.

Sinne oli tullut laivalla samanlainen Volvo kuin

Tikkakoskelta agenttien seuraama auto, mutta

rekisterinumero ei ollut sama. Tästä autosta oli määräykset,

että se pitää päästää läpi tutkimatta. Keitä siellä nyt kulkee,

yhteensattumia on liikaa ja miksi auto on juuri nyt Saksassa.

Olisikohan siellä joku salainen tapaaminen ja kenen kanssa.

Saksan viranomaiset selvästi odottivat autolla saapuvaa

porukkaa. Berliiniin ja Hampuriin johtavien moottoriteiden varrelle

hälytettiin autot Volvon etsintään ja seurantaan. Autoa ei

saa yrittää pysäyttää, vaan seurata mihin se menee ja keitä

siinä kulkee.

Washington

Valkoisessa talossa Yhdysvaltojen armeijan komentaja

odotti pääsyä Presidentti Stumpin puheille. Hän yritti

arvailla millä mielellä ukko tänään on. Onko tänään vielä

kukaan saanut potkuja, vai onko hänen itsensä kunnia olla

päivän ensimmäinen kengänkuvan takalistoon saanut.

Stumpilla näytti olevan päivän terävä hetki menossa, hän

tuntui ymmärtävän mitä komentaja hänelle kertoi Venäjän

touhuista Suomen rajalla. Komentaja kertoi Presidentille

antaneensa määräyksen kahden hävittäjä aluksen

siirtämisestä Itämerelle ja ne ovat jo ohittaneet Tanskan

83

salmet. Norjan rannikolle on matkalla lentotukialus ja

Keski-Euroopasta on Hornetteja matkalla Viron

tukikohtaan.

Näistä siirroista on sovittu Naton komentajan kanssa.

Myöskin tiedoksi, Suomi ja Ruotsi ovat anoneet Naton

jäsenyyttä heti, koska venäläiset ovat hyökkäysvalmiina.

Presidentti laittoi suunsa ympyräksi, kuten hänellä on

tapana tehdä. Hän alkoi moittia komentajaa, ettei hänelle

ollut aiemmin kerrottu mitään, onhan hän kuitenkin

ylipäällikkö.

Komentaja valitteli, että päätökset oli tehtävä välittömästi,

eikä aikaa ollut pyydellä audienssia. Kyllähän uhka, että

Venäjä tekee Ukrainat ja marssittaa tunnuksettomia vihreitä

miehiä rajan yli on suuri.

Presidentti kerrankin näytti, että hän tietää historiasta edes

jotain, kun hän sanoi venäläisten saaneen ennenkin

turpiinsa siellä rajalla. Komentaja jatkoi siitä ja sanoi:

"Herra Presidentti olette oikeassa ja lisäsi että Suomeen ei

ole niin helppo marssia kuin Ukrainaan.

Suomessa on paljon joukkoja matkalla rajalle, ne ovat

erittäin hyvin koulutettuja ja hyvin varustettuja. He ovat

miinoittaneet itse kehittämillään hyppymiinoilla suuret

alueet rajan pinnassa, eikä sieltä nyt helposti hiippailla yli.

Nyt meidän täytyy toivoa Suomen nopean reagoinnin olevan

riittävä pelote." Presidentti kiitteli nopeista toimista ja

antoi luvan Natolle ottaa kaksi uutta jäsenmaata.

Saksa

Ajomatka kohti Hampuria sujui vaiteliaissa tunnelmissa ja

päälliköt olivat vakavan oloisia.

Raatihuoneen edusta oli tyhjennetty ihmisistä ja turvamiehet

odottivat meidän saapumistamme.

Herrat livahtivat niin nopeasti sisälle, etteivät paikalle

pysähtyneet illanviettäjät pystyneet heitä tunnistamaan.

85

Moni jäi kyllä ihmettelemään suomalaisissa rekisterikilvissä

olevaa autoa, jonka olivat tummapukuiset korvanappimiehet

piirittäneet heti sen saavuttua.

Kurt Köpke ilmoitti Hampuriin johtavan moottoritien

Barsbyttelin kylän kohdalla olevan liittymän levikkeellä

Volvoa odottaville Jurille ja Alekseille auton tiedot. Pojat

olivat kokeneita tiedustelumiehiä ja saaneet koulutuksensa

KGB:n koulutuskeskuksessa. He olivat ansioituneet monissa

operaatioissa ympäri Saksaa. Mustat nahkatakit ja karski

olemus saivat heidät näyttämään rikollisilta.

Todellisuudessa he saivatkin makkaraa leivän päälle,

huumekaupalla ja muulla vilpillä. Synkän oloinen

parivaljakko sai kulkea rauhassa, eikä heidän kanssaan

kukaan kaveerannut, he olisivat voineet ulkonäkönsä

puolesta olla turkkilaisia, jugoslaaveja tai serbejä.

Volvon huomattuaan he lähtivät seuraamaan sitä sopivan

välimatkan päässä. Ammattimiehet osasivat pysyä

huomaamattomina ja kun muutakin liikennettä oli, eivät

Jorma ja Heikki kiinnittäneet heitä seuraavaan autoon

huomiota.

Juri pysäytti autonsa lähelle Raatihuonetta nähtyään

Volvosta menevän kaksi herraa turvamiehen suojaamana

sisälle.

Aleksei lähti kävelemään ja katsomaan näkisikö hän keitä

Volvoon jäi. Hän pääsi kävelemään aivan auton vierestä ja

huomasi autossa olevan kuljettajan paikallaan.

Kuljettaja näytti olevan vanhempi herrasmies, joka

tarkkaavaisena seurasi ympäristöä ja kävelijöitä.

Aleksei hiippaili Jurin luo, heidän autoonsa ja sanoi Volvon

olevan lähtövalmiina ja kuljettajan olevan paikallaan.

Aleksein mielestä Volvon kuski on alan miehiä, hän tarkkaili

ympäristöä herkeämättä ja katsoi tarkasti kaikkia kulkijoita.

Toivottavasti kaveri ei kiinnittänyt häneen sen enempää

huomiota.

Pojat kaivoivat auton kätköistä kameran, jossa oli kauko-

objektiivi, jonka avulla pitäisi saada kuvat näistä salaisista

kulkijoista.

Naton Pääsihteeri otti huolestuneena vieraat vastaan ja he

siirtyivät suoraa neuvottelupöy-tään.

Hän tarjosi vieraille voileipiä ja kahvia sanoen:

"Tervetuloa, mennään suoraan asiaan. Liittymisasia on

suurten Natomaiden, Saksan, Ranskan, Italian ja Ison

Britannian puolesta hyväksytty, pienemmiltä ei nyt edes

ehditty kysyä, he joutuvat siihen myöntymään, haluavat tai

eivät. USA;n Presidentti Stump on myös sanonut yes. Hän

ymmärsi hyvin, että ryssille on annettu periksi liian usein.

Jos niiden annetaan tehdä mitä niitä huvittaa, niin Ivanov ei

pysy nahoissaan ja keksii seuraavaksi jonkun uuden

valloituskohteen. Jo tsaarien ajoista lähtien ne on aina

olleet höökimässä naapurien kimppuun."

Kalle ja Johan kaivoivat kynät esiin ja kysyivät: "Mihin

nimet kirjoitetaan?"

"Siihen missä lukee uusi jäsenmaa, minun nimeni on jo

valmiina." Kun nimet olivat paperissa, kertoi Pääsihteeri,

kuinka venäläisten hyökkäysvalmisteluihin on reagoitu.

Kaksi Jenkkien hävittäjää saattoaluksineen on jo saapunut

Itämerelle, yksi lentotukialus on matkalla Norjan rannikolle,

Viroon on siirtynyt Tornado- ja Eurofighter hävittäjiä

Saksasta. Kalustoa ja taustavoimaa alkaa olla lähialueilla

riittävästi.

Tiedustelutietojen mukaan Venäjä siirtää edelleen lisää

joukkoja Suomen rajalle.

Sovittiin että Nato ilmoittaa uusista jäsenistä vasta

vuorokauden päästä, saadaan lisää aikaa joukkojen

valmistautumiseen

ja ryhmittäytymiseen, jos venäläiset tunkeutuvat Suomen

rajan yli.

Jorma soitti ja ilmoitti että aja auto oven eteen, lähdetään

hetken päästä hotellille.

Ensin tulivat turvamiehet, jotka asettuvat auton ovien luo.

Kalle ja Johan tulivat Jorman ja useiden

korvanappikavereiden ympäröimänä, tarkoituksena että

heitä ei voisi tunnistaa. Ukot pistettiin näppärästi autoon ja

lähdimme välittömästi liikkeelle kohti hotellia. Hotelli oli

aika lähellä, ajo kesti vain hetken ja päästiin ajamaan

suoraan maan alla olevaan autohalliin.

Saksan turvallisuuspoliisi oli järjestänyt hotellin ylimmästä

kerroksesta yhden käytävän vain meidän käyttöömme,

onneksi hotellissa oli hyvin tilaa. Hissin ja rappujen luona oli vartijat, jos venäläisille paljastuisi keitä täällä on ja

miksi, niin olisimme kaikki suuressa vaarassa.

Päästiin hissillä suoraan omaan kerrokseen ja huoneisiin.

Päästyämme Jorman kanssa tilavaan sviittiimme, jossa oli

kummallekin omat makuuhuoneet, totesimme että kerrankin

on asumismukavuus kohdallaan. Kummallakaan ei olisi

varaa tällaiseen luksustasoon omalla rahalla.

Jorma kehotti minua suureen tarkkuuteen ja

varovaisuuteen, Venäjän ulkomaan tiedustelulla on paljon

vakoilijoita myöskin Saksassa ja on mahdollista, että he

tarkkailevat Naton Pääsihteerin kulkemisia. Jos venäläiset

ovat antaneet meidän ryhmästä hälytyksen myöskin

Euroopan alueelle, on meidät voitu nähdä Raatihuoneen

edessä.

Kerroin Jormalle auton läheltä kävelleen nahkatakkimiehen

yrittäneen kurkkia sisään, en sitä tosin silloin ihmetellyt,

olihan auto siinä hyvin näytillä.

Sovittiin että käsiaseissamme on kovat piipussa, käytetään

luotiliivejä ja huomenna kun lähdetään, otetaan

takakontista mukana olevat konepistoolit autoon sisälle.

Alkoi tuntua siltä, että Saksan matka ei ollutkaan mikään

pyhäkoululaisten mehuretki.

Kännykkäni piippasi ja lähetti kuvaa auton ympärillä

häärivistä kahdesta nahkatakkisesta kaverista, toinen oli

sama, joka kurkki autoon Raatihuoneen edessä.

Autoon oli Biliassa asennettu" tuunattu" Volvo on Call

ohjelmisto. Ohjelma on viritetty käyttämään auton omia

kameroita ja lähettämään kuvaa kännykkään, jos auton

ympärillä hyöritään tai siihen kosketaan.

Pyysin Jorman katsomaan ukkojen kuvaa. Hän yllättyi, onko

sulla noin näppärä systeemi, miten se toimii? Kerroin että

ohjelma käyttää autossa olevia etu- taka- ja sivukameroita

ja lähettää livekuvaa autosta. Kysyin, mennäänkö

hätyyttämään äijät pois, karkuun ne vaan lähtee. Sain

kännykän kautta auton äänitorven soimaan, silloin ukoille

tuli kiire ja ammuttuaan paikalle rynnännyttä vartijaa, he

juoksivat ulos autohallista. Nyt tiesimme varmasti

olevamme ryssien tarkassa seurannassa.

Aleksei ja Juri lähtivät seuraamaan Raatihuoneelta

lähtenyttä Volvoa. Miesten astuessa autoon oli kameran

moottoriperä raksuttanut pitkään ja oli saatu hyviä kuvia

salaisista kulkijoista. Kuvat lähetettiin heti Telegram

viestipalvelun kautta Moskovaan, saavat siellä kaivella

keitä nämä kulkijat ovat.

Liikennettä oli sen verran paljon tässäkin suurkaupungissa,

että oli helppo seurata autoa huomaamattomasti. Volvon

pyyhällettyä hulppean hotellin autohalliin, ei uskallettu ajaa

perästä, koska siellä on kuitenkin kameravalvonta.

Päätettiin odottaa ohjeita Moskovasta ja tietoja

seurattavista.

Moskova

Kremlissä alkoi pikaisesti järjestetty puhelinkokous
Presidentin ja Ulkomaantiedustelun kesken. Presidentille
kerrottiin Naton pääsihteerin tavanneen Hampurissa kaksi
Suomesta tullutta ja seurannassa olevaan herraa. Heidät on
tunnistettu Saksasta lähetettyjen kuvien perusteella.
Suomalainen eläkkeellä oleva kenraali ja Ruotsin rikkain ja
vaikutusvaltaisin sijoittaja. Hänelle myös kerrottiin
kahdesta Suomessa mystisesti kadonneesta agentista, jotka
olivat seuranneet kenraali Häkkistä ja Johan Bildenbergiä,

kun he olivat käyneet Tikkakoskella. Presidentti sai myös

tietää saksalaisten järjestäneen tulijoille satamassa pääsyn

maahan ilman rajamuodollisuuksia.

Presidentti Ivanov mietti hetken ja antoi ohjeet Saksaa

varten. "Pelkään pahoin kyseessä olevan pikaiset

neuvottelut Suomen liittymisestä Naton jäseneksi. Suomi on

pikaisesti reagoinut joukkojemme siirtoihin rajalla.

Ihmettelen vain mitä se svenski siellä tekee, ehkä hän on

jonkinlainen neuvonantaja.

Tutkikaa heidän autonsa ja laittakaa siihen seurantalaite,

tai räjähde, jos se vaan on mahdollista. Heidät pitää saada

pois pelistä huomenna ja sotkettua heidän neuvottelunsa tai

mitä siellä tekevätkään."

Ivanov oli huolissaan uudesta käänteestä. Hänelle oli myös

kerrottu Naton lentokoneiden ja sotalaivojen siirtymisistä

lähemmäs Suomea. Olisihan tietenkin pitänyt arvata, että

suomalai-set eivät helposti anna periksi eivätkä antaudu

uhkan edessä.

Kyllähän minua tietysti varoitettiin niiden olevan sitkeitä

pirulaisia.

Nyt täytyy kiirehtiä armeijaa hyökkäysvalmisteluissa, me

etenemme suunnitelmien mukaan, emmekä peräänny.

Armeijan komentaja pyysi Ivanovilta lupaa lähettää partion

rajan yli, että nähdään uskaltavatko suomalaiset avata

tulen. Saataisiin tsuhnat ampumaan ensin ja sodan

aloittajiksi. Ivanov antoi luvan ja käski kiirehtiä suuren

hyökkäyksen aloitusta, koska Nato lähettää koko ajan lisää

joukkoja ja kalustoa Itämerelle ja Suomenlahdelle.

Saksa

Aleksei ja Juri saivat tiukat ohjeet Moskovasta ja pääsivät

hiippailemaan hotellin pysäköintihalliin, sinne ajaneen

auton vanavedessä. Volvo löytyi kahden BMW:n välistä

autohallin perältä. Heillä oli tarkoitus asentaa kauko-

ohjattava räjähde autoon, mutta auton äänitorvi alkoi

96

tööttäämään ja meteli oli betoniseinäisessä hallissa

huumaavan kova. Paikalle ryntäsi heti vartija, joka sulki

venäläisten pakotien. Aleksei ampui vartijaa jalkaan,

agentit ryntäsivät hallista kadulle ja pakenivat Hampurin

yöhön kuin aaveet.

10.

Emme Jorman kanssa yöllä häirinneet Kallea ja Johania

autotalliepisodilla, vaan tapasimme heidät aamupalan

ääressä. Löysimme hiljaisen nurkkapöydän, jossa oli

rauhallista kuiskutella.

Jorma ehdotti, että pyydämme saksalaisten

turvallisuuspalvelulta siviilimallista saattoautoa matkalle

satamaan, koska otteet näyttävät kovenevan.

Meidän ei tarvinnut edes pyytää saattajia, koska pöydän

viereen marssi kaksi karskin näköistä saksalaista, jotka

ilmoittivat olevansa meille määrätyt turvamiehet ja heidän

autossaan odotti lisäksi kaksi kaveria.

He kertoivat, että yölliset ampujat oli hallin turvakameran

kuvista tunnistettu venäläisten agenteiksi, eikä heitä oltu

saatu kiinni, vaan he katosivat Hampurin yöhön.

Saksalaisten poliisijohdon päätöksellä meille määrättiin

turvamiesyksikkö avuksi. Hampurin lentoasemalla oli myös

poliisien helikopteri lähtövalmiina, jos matkalla alkaa

isompi hässäkkä. Kiitimme heitä ja sovittiin lähtö

autohallista tunnin kuluttua.

Yritimme lähteä hallista huomaamatta, mutta saksalaisilla

oli suuri möhkälemäinen musta Mercedes GLS maasturi

tummennetuilla ikkunoilla ja meidän kulkupelimme oli

samaa kokoa.

Saksalaiset pitivät kovaa vauhtia yllä ja kun me ajoimme

muutaman metrin välein niin kukaan ei päässyt kiilaamaan

autojen väliin. Moottoritiellä ohituskaistaa porhaltava

kaksikko herätti ansaittua huomiota. Jorma piti

konepistoolia sylissä ampumavalmiina, eihän näistä

venäläisistä koskaan tiedä. Kalle oli myös saanut Suomesta

hälyttäviä tietoja itänaapurin joukkojen lisääntyneestä

liikehdinnästä rajalla. Tilanne kävi koko ajan

kriittisemmäksi, Venäjä ei kaihda mitään keinoja, voivat

jopa täällä Saksassakin yrittää ihan mitä vaan.

Huokaistiin jo helpotuksesta lähestyessämme Lyypekkiä,

matkaa ei ollut enää paljon jäljellä. Olimme saaneet ajaa

ihan rauhassa, eikä mitään yllättävää ollut tapahtunut.

Sitten moottoritien liittymästä eteen tullut iso

vihannestukkuliikkeen mainoksilla varustettu kuorma-auto

jarrutti ja kääntyi poikittain tien tukkeeksi. Auton

ohjaamosta hyppäsi ulos kolme naamioitunutta miestä ja

tavaratilasta neljä lisää.

Takaa lähestyi kovaa vauhtia sininen BMW X 5.

Venäläiset juoksivat hotellin autohallista kadulle ja

puistoon, ammuttuaan ensin vartijaa, joka oli yrittänyt

pysäyttää heidät. Pojat jatkoivat juoksuaan Alster järven

rantaan ja kävelivät muina miehinä kohti Kennedy siltaa,

kuin ketkä tahansa yölliset kulkijat. He kiroilivat mielessään

tehtävän epäonnistumista, nyt täytyisi pyytää ohjeita ja

lisävoimia. Autoansa he eivät uskalla mennä hakemaan

ennen aamua, hotellin luona on nyt väkeä liikaa. Onneksi he

olivat jättäneet autonsa monen korttelin päähän

pikkukujalle. Moskovasta tuli pian tieto apuvoimista,

satamassa työskentelevä Kurt Köpke järjestäisi pysäytyksen

ja tulivoimaa, käsky oli eliminoida Volvolla liikkuva

porukka.

Aleksei sanoi Moskovan päätelleen seurattavien suuntaavan takaisin satamaan. Finnstar on lähdössä iltapäivällä takaisin Suomeen, sama laiva, jolla he olivat myös tulleet.

Kaksi siististi kauluspaitoihin, suoriin housuihin ja puvuntakkeihin sonnustautunutta herrasmiehiltä näyttävää venäläistä agenttia suuntasi aikaisin aamulla hakemaan autoaan. Poliisit etsivät kahta tummaa nahkatakkimiestä, eivät liikemiehen oloisia herrasmiehiä. He ohittivat hotellin pääsisäänkäynnin matkalla autolle, eivätkä hotellin edessä partioivat poliisit kiinnittäneet heihin mitään huomiota.

Auto oli sivukujalla koskemattomana ja kunnossa. Ajettuaan pienen lenkin hotellin ympäri, saivat he autonsa parkkiin, niin että näkisivät pysäköintihallista ulostulevat autot ja jäivät odottamaan.

Juri huudahti pitkän odotuksen jälkeen: "Nyt alkaa tapahtua." Musta Mercedes kaarsi kadulle Volvo vanavedessään. He lähtivät seuraamaan autoja ja

todettuaan suunnan olevan kohti pohjoista ja Travemunden

satamaa, ilmoittivat he Kurt Köpken tiimille: "Tulossa

ollaan, heillä on turvamiehiä, emme näe kuinka monta,

tumma Mercedes maasturi."

Juri totesi seurattavien pitävän yllä todella kovaa vauhtia,

siellä taitaa olla ammattimiehet puikoissa. Mersun jengi

saattaa olla Saksan terrorismin vastaisesta yksiköstä, siellä

on varmaan huippumiehet aseet kourassa valmiina.

Volvossa on yksi turvamies, kuski on jo vanhempi stara,

mutta vaikutti pelimieheltä ja hänelläkin on varmaan kättä

pidempää käden ulottuvilla.

Aleksei sanoi olevan todella vaikeaa pysyä perässä, mutta

parempi että jää välimatkaa, niin meitä ei huomata.

Kun lähestyttiin Lyypekkiä, niin ilmoitettiin Köpkelle että

valmistautuvat ja varautuvat kovaan vastarintaan.

Nähtiin jo kaukaa kuormurin kääntyvän poikittain ja

tukkivan tien.

102

Jorma rääkäisi: "Ryssät iskee, takapenkin väki matalaksi."

Saksalaiset käänsivät Mersunsa poikittain eteemme suojaksi

ja hyppäsivät ulos, autonsa taakse suojaan.

Venäläiset aloittivat hurjan tulituksen, mutta saksalaiset

olivat ammattimiehiä, eikä hyökkääjillä ollut mitään

mahdollisuuksia selviytyä hengissä.

Me loikkasimme samaan aikaan Jorman kanssa

konepistoolit käsissä ulos autosta ja syöksyimme maahan.

Jorma huomasi taakse pysähtyneestä BMW:stä ulos

loikanneet miehet. Hän rääkäisi ota oikea, minä otan

vasemmanpuoleisen äijän. Ammuimme yhtä aikaa ja

saimme molemmat ukot nurin kuin keilaradalla ikään.

Jorma kiitti minua ja sanoi että näköjään kannatti

harjoitella tätäkin hommaa.

Saksalaiset näyttivät merkin kädellään, homma "Roger" ja

todettiin yhdessä tilanteen olleen hengenvaarallinen, mutta

onneksi selvittiin vähillä naarmuilla.

Yksi saksalaisista oli saanut käteensä lihasvamman

venäläisten luodista, mutta Mersu näytti ankealta, se oli

täynnä luodinreikiä.

Nyt oli sitten kuolleita venäläisiä melkein kuin Raatteen

tiellä, toki tulituksen aloittaminen oli heidän oma

valintansa. Aina ei voi voittaa.

Lyypekistä oli jo saapunut lisää poliiseja ohjaamaan

liikennettä, moottoritie oli aivan tukossa Hampurin

suuntaan. Jouduttiin kiertämään venäläisten luodinreikiä

täynnä oleva kuormuri pientareen kautta, mutta onneksi

nelivetoisella maasturilla se ei tuottanut ongelmia.

Kalle kommentoi tapahtumia kenraalin tyyneydellä:

"Hienosti hoiditte pojat ne takaapäin tul-leet venäläiset,

onneksi meillä oli apuna saksalaisten porukka, muuten

oltaisi vainajia kaikki. Nyt täytyy miettiä laivamatkaa ja sen

vaaroja. Kuulin venäläisten aloittaneen laivasto- ja

ohjusharjoituksen aivan Bornholmin, Öölannin ja Gotlannin

saarten luona. He tietävät tai arvaavat meidän olevan

Finnmasterin kyydissä. Varmasti heillä on satelliitti alueen

yläpuolella, niin että näkevät mitä alueella tapahtuu. Täytyy

seuraavaksi raportoida Suomeen tämän päivän

tapahtumista ja siitä että ollaan nyt Naton jäseniä Ruotsin

kanssa."

Herra Bildenberg oli aivan kalpea ja kauhusta jäykkänä.

Hän sanoi, että ei ole tottunut näin rajuun toimintaan,

Fasaanijahti on todella lasten mehuretki tähän verrattuna.

Hän vielä kiitteli meitä vuolaasti: "Mukava olla edelleen

hengissä."

11.

Helsinki

Suomen puolustusvoimien pääesikunnassa Kasarmitorilla

oli kiireinen mutta hallittu toiminta täydessä käynnissä.

Käskyt paukkuivat kuin piiskan sivallukset, terävästi ja

tehokkaasti.

Kallen puhelu ohjattiin käynnissä olevaan johdon

kokoukseen ja yhdistettiin kaiuttimiin, niin että kaikki

paikalla olijat kuulivat sen.

Kalle kertoi heille ilouutisen: "Olemme nyt Naton jäseniä ja

meille on luvattu täysi tuki. Virallinen ilmoitus tulee

huomenna aamulla, siihen saakka asia on salainen."

Kallelle kerrottiin että Suomen avuksi on tulossa

lentokalustoa, laivoja ja erikoisjoukkoja niin USA;n jo

Itämerellä olevilta laivoilta, kuin Euroopastakin.

Kalle jatkoi:" Venäläisten agentit yrittivät tappaa meidät

moottoritielle, mutta tulitaistelun jälkeen heille tulikin

noutaja ja olemme ihan kunnossa.

Saavuimme juuri satamaan ja ajamme laivaan sisälle.

Meille on luvattu laivan saavan suojaa, mutta en vielä tiedä

minkälaista."

Kokoushuoneessa kuului voimakas käsientaputus ja hurraa

huudot kaikuivat, olemme pelastetut. Kallea ja Johania

kiitettiin hienosti tehdystä työstä, unohtamatta Jormaa ja

Heikkiä.

Sitten tuli rajalta hälyttäviä tietoja, vihreitä tunnuksettomia

miehiä on tulossa yli rajan.

Väkevänjärvi Suomen raja

Kapteeni Matti Minkkinen käski vahvistetun 50 taistelijaa

käsittävän joukkueen liikkeelle kohti Suomen rajaa. Joukkue

oli jaettu 5 ryhmään. Kaikki miehet kuuluivat armeijan

uusiin nopeantoiminnan joukkoihin, jotka oli perustettu

kuusi kuukautta aikaisemmin. Miehet oli kovan karsinnan

jälkeen valittu ja koulutettu sissitaistelijoiksi ja he osasivat

liikkua äänettömästi metsässä. He eivät olleet ainoat

suomalaiset sotilaat alueella, kaikki 500 nopeantoiminnan

aina valmiudessa olevaa taistelijaa olivat rajan pinnassa.

Varuskunnista tuli koko ajan lisää miehiä ja

kertausharjoituksiin määrätyt olivat matkalla

komentopaikkoihinsa.

Panssareita, miehistökuljetus ajoneuvoja, ohjuspattereita,

liikuteltavia tutka-asemia, tykkipattereita sekä Casa C

tiedustelulentokone tarkkailemassa naapurin liikehdintää.

Venäläiset tiesivät, että heidän selityksensä harjoituksesta ei

ollut mennyt suomalaisiin täydestä.

Jos kasakat ylittävät rajan niin määräys on ampua ja torjua

tunkeilijat, toivottiin että saataisiin naapuri provosoitua

ampumaan ensin.

Ensimmäisen ryhmän päällikkö Luutnantti Savolainen,

USA;ssa Seal koulutuksen saanut ammattisotilas komensi

miehet polviasentoon. Edessä näkyi liikettä, noin sadan

miehen vahvuinen hiipivä kasakkaryhmä oli ylittänyt rajan.

Miehet olivat tunnuksettomia, näitä vihreitä miehiä, joita

naapuri käytti myös Ukrainassa.

Tieto välitettiin taaksepäin kaikille suomalaisille.

Savolainen piti kädessään hyppymiinojen laukaisijaa, sekä

kielsi avaamasta tulta. Naapurit olivat juuri astumassa

miinakentälle, hiipivät matalana ja pälyilivät ympärilleen.

Koska tulijoita ei ollut enempää, niin olivat varmaankin

jonkinlainen testiryhmä.

Savolainen matki tunnettua taistelijaa Rokan Anttia ja

sanoi: " Kun pääs on närreen kohalla, tulloo teille

noutaja."

Miinat oli aseteltu sopivin välein, niiden räjähtäessä jälki

on tappavaa.

Savolainen painoi laukaisijaa, ainakin kaksikymmentä

miinaa hyppäsi yhtä aikaa korkealle ilmaan ja levitti

volframi- ja teräskuulia vihreiden miesten niskaan.

Tuho oli hirvittävää, aukio oli täynnä kuolleita. Vähintään

puolet kuoli heti ja suurin osa lopuistakin haavoittui

vaikeasti. Kymmenen miehen ryhmä oli liikuntakykyisiä ja

he yrittivät paeta rajan taa. Kaksi suomalaisten ryhmistä oli

110

heti naapurit nähtyään lähtenyt koukkaamaan tulijoiden

selustaan ja he katkaisivat nyt pakenijoiden paluutien.

Venäläiset olivat kovia ammattisotilaita, eivätkä he aikoneet

antautua helpolla. Avattuaan ensin tulituksen ja kolmen

heistä saatua heti kuolettavan osuman, nostivat he kädet

ylös. Kaksikymmentä suomalaista oli piirittänyt heidät,

antautuminen oli ainoa vaihtoehto.

Loistava voitto suomalaisille, tunkeutujat torjuttu, osoitettu

tositoimissa uusien miinojen toimintakyky, saatiin venäläiset

ampumaan ensin ja seitsemän vankia.

Suomen puolustusvoimien esikunnassa mietittiin vakavana

rajalta tulleita tietoja. Vangit oli jo viety paikkausten ja

sidonnan jälkeen kuulusteltaviksi. Suomalaisten

kypäräkameroista oli saatu hyvää kuvaa tapahtumista ja

sieltä näkyi hyvin venäläisten aloittaneen ampumisen ensin

ja suomalaisten sitten puolustautuneen.

Moskova

Presidentti Ivanov meuhkasi Kremliin kutsutulle armeijan

ylipäällikölle. "Te ammattitaidottomat älykääpiöt, menetitte

sata huippusotilasta ja osa jäi kaiken lisäksi vangiksi.

Internettiin on jo levitetty video, siinä tunnuksettomat

vihreät miehet marssivat Suomessa miinakentälle ja avaavat

tulen ensimmäisenä. Toisessa videossa vangiksi jääneet

sotilaat kertovat olevansa Venäjän armeijan sotilaita, jotka

oli määrätty hyökkäämään Suomeen. Me tietenkin

kiellämme kaiken ja sanomme videoiden olevan tekaistuja.

Olemme jo saaneet paheksuntaa lännestä, meitä on myös

uhattu toimenpiteillä, jos emme lopeta hyökkäävää

toimintaa Suomea kohtaan.

He vain uhkailevat, eivät halua liata käsiään pientä maata

auttaakseen.

Valloittakaa Suomi niin pian kuin voitte." Läksytyksen

saanut kenraali punoitti ja ähkyi, eikä tiennyt miten päin

olisi. Hän tiesi Ivanovin vaihtavan alaisiaan hyvin nopeasti,

jos ei ollut heihin tyytyväinen. Hänen vastauksensa tuli

nopeasti ja terävästi: "Kyllä herra Presidentti, olemme

valmiit valloitukseen kuuden tunnin kuluttua." Kenraali ei

uskaltanut selitellä mitään, vaikka presidentti itse oli

antanut luvan partion lähettämiseen ja pitänyt sitä hyvänä

ajatuksena. Oli suuri yllätys, että Suomella olikin jo

hyppymiinoja ja ne toimivat niin hyvin. Eivätkä he

myöskään epäröineet käyttää niitä.

Presidentti Ivanov käski Kenraalin pysymään vielä

paikoillaan, tulee lisää määräyksiä. "Saimme satelliitista

kuvaa Saksasta, siellä on meidän agentteja ammuttu.

Tapahtumaan syylliset, Suomalainen Kenraali Häkkinen,

ruotsalainen Johan Bildenberg sekä heidän kuljettajansa ja

turvamiehensä on pidätettävä ja tuotava kuulusteluihin

Moskovaan. He ovat Travemyndestä kohti Helsinkiä

lähteneessä Finnstar rahtilaivassa matkustajina.

Itämeri

Sovrenemnnyi luokan ohjushävittäjä Rastoropnyi starttasi

heti käskyn saatuaan kohti Travemundestä lähtenyttä

Finnstaria. Hävittäjä oli Bornholmin saaren kohdalla

sotaharjoituksessa. Kapteeni määräsi täyden vauhdin 35

solmua ja taisteluhälytyksen. Laivalla olleeseen

helikopteriin marssi Spesnats kommandoja ja moottoreita

alettiin välittömästi lämmittää.

Finnstar ajoi pohjoiseen normaalia 22 solmun vauhtiaan ja

laivat lähestyvät toisiaan nopeasti.

Suomeen matkalla olevat Naton alukset olivat jo ohittaneet

Gotlannin, eivätkä ne ehtineet enää apuun, vaikka heillä oli tieto Finnstarilla olevasta Häkkisen porukasta ja että he

ovat hengenvaarassa.

Venäläisten kopteri starttasi kohti Finnstaria ja se olisi

hetken päästä laivan helikopterikannella.

Olimme Jorman kanssa laivan ruokasalissa ruokailemassa,

kun näimme helikopterin, jonka kyljessä loisti punatähti,

laskeutuvan laivan kannelle. Hetken päästä laivan kapteeni

kuulutti meidän nimemme ja käski saapua laivan kannelle,

tai muuten laivan muut matkustajat ovat vaarassa.

Venäläiset osasivat hommansa ja tiesivät että emme

vaaranna viattomien henkeä.

Kiirehdimme kannelle, Kalle ja Johan jo olivat sotilaiden

pidättäminä ja meiltä otettiin käsiaseet pois.

Koko porukka marssitettiin kopteriin, kätemme sidottiin,

meitä myös kiellettiin puhumasta toisillemme. Sotilaat olivat kovan näköisiä tyyppejä, eikä olisi tullut mielenkään

pullikoida vastaan.

Lähdettiin välittömästi liikkeelle ja merenpintaa hipoen

täydellä vauhdilla kohti itää. Laskeskelin mielessäni

suunnan olevan Kaliningrad, en tietenkään voinut olla

varma siitä.

Lento eteni aaltoja nuoleskellen, minusta se tuntui

pelottavalta, mutta lentäjä oli tietenkin ammattimies

viimeisen päälle. Oli vaikea miettiä lentoon kulunutta aikaa,

kelloa ei uskaltanut katsoa, oli vain tuijotettava likaista

lattiaa. Viimein saavuttiin mantereen päälle, aloimme

laskeutua kohti lentokenttää, joka vaikutti

sotilastukikohdalta.

Kopterista meidät siirrettiin armeijan väreissä ja myöskin

punatähti kyljessä olevaan liikesuihkukoneeseen. Kone

nousi välittömästi ilmaan, tästä reissusta kyllä

seuramatkailu oli kaukana. Palvelusta ei voinut valittaa,

vakka jokaisella oli henkilökohtainen palvelija tai ehkä se oli sitten vartija. Ruuassa ei ollut kehumista, sitä ei

nimittäin saatu.

Kalle, vanhan kenraalin kokemuksella sanoi nopeasti:

"Meidät viedään todennäköisesti Moskovaan

kuulusteltavaksi, Heikki ja Jorma, te ette sitten tiedä

mistään mitään, olette vain toimineet minun käskystäni."

Sitten Kallea kiellettiin puhumasta ja hän sai voimakkaan

läimäytyksen kasvoihinsa.

Loppumatka sujui hiljaisuuden vallitessa, Johan oli pelosta

kankea ja kauhistuneen näköinen, normaalisti häntä palveli

oma hovimestari valkoiset käsineet kädessään, nyt vahti

sotilas konepistooli kourassaan.

Pitkän lennon jälkeen kone alkoi pudottaa korkeuttaan ja

kaarsi voimakkaasti, jolloin näin lentoaseman katolla

tekstin, Sheremetjovo Airport Moscow. Kylmät väreet

menivät läpi kropan ja pelko hiipi puseroon.

Kone rullasi suoraan matalan lentokonehallin ovista sisään,

jossa meitä odotti autosaattue.

Poliisiauto asettui saattueen eteen ja taakse, meille oli

jokaiselle varattu oma auto, että emme pääsisi puhumaan

keskenämme ja suunnittelemaan mitä kerromme

kuulustelijoille.

Lähdettiin matkaan poliisiautojen sinisten vilkkuvalojen

välkkyessä. Minut istutettiin jo parhaat päivänsä

nähneeseen mustaan E malliseen Mercedekseen. Vieressäni

istui nuorempi upseeri, en tunnistanut hänen

arvomerkkejään, ehkä kapteeni tai majuri. Kuljettajan

vieressä istui myös upseeri, valtavankokoinen

etelämaalaisen näköinen kolossi, minulle ei tullut

mieleenkään yrittää pakoon.

Sain kuitenkin sightseeing matkan Moskovassa, seura tosin

ei ollut itse valittu, eikä opastus kuulunut matkan hintaan.

Autoletka ajoi vartioidusta portista sisään, tunnistin

Kremlin tornit ja muurit. Pysähdyimme matalan

toimistorakennuksen eteen, jonka edessä meitä odotti useita

Presidentin vartiokaartin sotilaita. Valitettavasti emme

saaneet valtiovierastason vastaanottoa, vaikka meidän

tänne tuomiseen on käytetty aikaa ja ruplia ja mahorkkaa

on palanut.

Helsinki, Kaartinkaupunki

Tasavallan Presidentti Niilo Säynästölle pidettiin

tilannetiedotusta viimeisten tuntien tapahtumista. Häkkisen

119

porukan poimiminen venäläisten kopteriin tuntui pahalta ja

turhauttavalta. Heidän kohtalostaan ei kenelläkään ollut

tarkkaa tietoa. Naton tilannekeskuksesta valiteltiin heidän

kalustonsa olleen liian kaukana, he eivät ehtineet apuun,

vaikka näkivät mitä tapahtuu.

Puolustusvoimien komentaja kiinnitti huomionsa

venäläisten nopeaan ja tehokkaaseen toimintaan

"Häkkisten" talteenotossa Itämerellä.

Naton johtokeskuksessa mietittiin mitä tehtäisiin ja vangitut

pojat olivat jo kopterissa matkalla Kaliningradiin.

Venäläisten ei tarvitse palaveerata kenenkään kanssa, vaan

toimitaan heti ja tehokkaasti. Suuri Zapad sotaharjoituskin

sen osoitti hyvin.

Rajalta tulleiden tietojen mukaan Venäjän Suomeen

tunkeutuminen alkaa millä hetkellä tahansa.

Presidentti Säynästö päätti soittaa Ruotsin Pääministerille,

sekä Naton Pääsihteerille ja kiirehtiä ilmoitusta Naton

jäsenyydestä, muutoin Itänaapuri aloittaa täyden sodan ja

menetetään turhaan paljon sotilaita puolin ja toisin.

Heikin vaimo Kaija katseli Vuosaaressa Ylen uutislähetystä

ja ihmetteli kun ei miehestä ollut kuulunut pariin päivään

mitään. Vaatekassi oli pitänyt toimittaa pikaisesti Karille,

joka nouti sen asunnon edestä, eikä Karikaan tiennyt sen

enempää. Olihan näitä salaisia juttuja ollut ennenkin,

kuitenkin aina oli tullut puheluita tai viestejä, että kaikki

hyvin, tullaan kotiin, kun keretään. Heikki olikin aina

vitsaillut, että hän on kuljettaja eikä mikään ennustaja, työt

loppuvat, kun asiakkaat on hoidettu.

Sitten uutistenlukija ilmoitti vakavana Itämerellä

tapahtuneesta neljän henkilön kaappauksesta Finnstar

laivalta. Laivan matkustajien ottamassa kännykkävideossa

näkyi venäläinen helikopteri nousemassa laivan kannelta.

121

Laivalla oli sitä ennen ollut kuulutus, jossa vaadittiin

kenraali Häkkistä, herra Bildenbergiä ja kahta muuta

seurueeseen kuuluvaa saapumaan laivan kannelle

uhkaamalla kaikkien matkustajien turvallisuutta.

Kaija pelkäsi Heikin olevan kaapattujen joukossa ja päätti

mennä tarkistamaan somesta, olisiko siellä mitään tietoja

asiasta. Löytyihän sieltä video nimellä laivalta kaapatut.

Videolla näkyy Heikki ja toinen kaveri, jotka nousevat

ruokapöydästä ja lähtevät ulos ruokasalista.

Kaijan silmissä musteni, se on varmasti Heikin menoa. Hän

tunsi miehensä liian hyvin ja tiesi tämän vihaavan

venäläisiä. Heikki ei vaan osaa pitää turpaansa kiinni ja

sanoo suoraan mitä ajattelee. Siinä leikissä saattaa käydä

huonosti.

Sitten alkoi puhelin soimaan, monet tutut olivat nähneet

samat videot.

Kaijaan oli jo lapsena tarttunut Venäjän pelko, niin kuin

muihinkin evakkojen lapsiin. Sodassa ollut isä ja rintamalla

lottana palvellut äiti olivat kertoneet kuinka julma ja

häikäilemätön meidän itänaapurimme saattaa olla.

Ovikello soi ja Kaija pelästyi, että nyt on ryssä ovella ja

hänellekin tulee noutajat. Hän meni varovasti katsomaan

ovisilmästä minkä näköiset noutajat ovat tulleet häntä

hakemaan.

Siististi pukeutuneet ja suomalaisen näköiset mies ja

nainen.

Kaija kysyi ovea avaamatta: "Kuka siellä?" He näyttivät

ovisilmästä henkilökorttinsa, kertoivat olevansa

Suojelupoliisista ja pyysivät päästä sisälle. Olohuoneen

sohvalle istuuduttuaan he kertoivat mitä Heikille oli

tapahtunut ja pahoittelivat kovasti. He kertoivat Heikin

kuuluneen ryhmään, joka oli ollut Saksassa Suomelle

elintärkeässä tehtävässä ja ryhmän vaikuttaneen

ratkaisevasti venäläisten sotajoukkojen vetäytymiseen

Suomesta.

Kaijalle kerrottiin, että ryhmä on luultavasti viety

Moskovaan, mutta siitäkään ei ollut varmuutta. Kaijaa

kiellettiin antamasta medialle mitään lausuntoja, koska se

voi vaikeuttaa ryhmän vapauttamista.

Urheilullisen ja treenatun oloinen naispoliisi jäi Kaijan

turvaksi, varmuuden vuoksi.

12.

Tukholma

Ruotsin Pääministerin oli pakko ilmoittaa Kuninkaalle

tekemistään päätöksistä. Hän soitti nolona ja anteeksi pyydellen. "Teidän

ylhäisyytenne, minulla on teille ilmoitettavaa. Kyse on

asioista, jotka olisi pitänyt ilmoittaa jo aikaisemmin, niitä ei

vain voinut kertoa edes teille. Ruotsin liike elämän ja

tärkeimpien teollisuus sukujen aloitteesta olemme liittyneet

Natoon yhdessä Suomen kanssa, virallinen ilmoitus

julkaistaan puolen tunnin kuluttua. Samassa yhteydessä

julkistetaan Valtioliitto Ruotsin ja Suomen kesken. Liiton on

tarkoitus johtaa maidemme täydelliseen yhdistymiseen niin

pian kuin mahdollista, siihen toki kuluu muutamia vuosia.

Yhdessä maidemme sotilaallinen ja varsinkin taloudellinen

painoarvo kasvaa valtavasti. Tämän asian kanssa ei voitu

125

jahkailla, eikä pähkäillä koska venäläiset ovat

tunkeutumassa Suomeen rajan yli juuri näillä hetkillä. Jos

Venäjä miehittäisi Suomen, Ruotsin taloudelliset edut ja

myöskin turvallisuus olisi pahasti uhattuna. Tästä johtuen

meidän ilmavoimamme antavat Suomelle välitöntä tukea ja

apua venäläisiä vastaan ja kymmeniä koneita on jo Suomen

ilmatilassa matkalla Venäjän rajalle. Nato liittolaisiltamme

on tulossa paljon apuvoimia ja nyt jännitämme kuinka

venäläiset reagoivat.

Että tällainen asia herra Kuningas."

Kuningas oli puhelun tullessa nauttimassa mieliherkkuaan

hapansilakkaa ja sehän meni tietenkin niin sanotusti

"väärään kurkkuun" ja hän melkein tukehtui. Hänen

saatuaan hengityksensä tasaantumaan oli kommentti paljon

puhuva: "Vad fan."

Suomen raja

Suomalaiset joukot olivat hyvin järjestäytyneenä rajan

pinnassa, miehiä ja kalustoa oli ehditty haalia kasaan

todella paljon, vaikka aikaa ei ollut paljoa käytettävissä.

Armeijan johdolla oli hyvin tiedossa naapurin joukkojen

määrä, laatu ja miten ne oli sijoiteltu.

Venäläisten hyökkäys alkoi kovalla jyrinällä panssarien

ylittäessä rajan ja taisteluhelikoptereiden lentäessä

matalalla kohti suomalaisten asemia.

Suomalaiset olivat kuitenkin valmiina ja tykistökeskitys

kohti lähestyviä panssareita sai ne pysähtymään. Viisi

panssarivaunua sai osuman ja syttyi palamaan. Kolme

helikopteria sai osuman ja putosi, neljäs joutui

laskeutumaan saatuaan osumaan moottoriin ja miehet

vangittiin tulitaistelun jälkeen.

Naapurin maahantunkeutuminen pysähtyi hetkeksi, mutta

oli oletettavaa, että he tulevat kohta uudestaan ja silloin

täydellä voimalla.

Kreml

Olin juuri päässyt täyteen uneen todella raskaan reissun

jälkeen. Hampurista hotellilta tulitaistelun jälkeen

rahtilaivalle, sieltä helikopterilla Kaliningradiin, josta

lentokoneella Moskovan valoihin, niitä ei tosin

ikkunattomasta huoneesta näkynyt.

Oveen ei koputettu, vaan se repäistiin auki ryminällä.

Venäjänkielistä huutoa ja aseella tökkimistä, sitten

lähdettiin sekaisin olevaa ukkoa retuuttamaan

kuulusteluihin, ei siinä paljon jalat lattiaa koskettaneet.

Minut istutettiin tai melkein paiskattiin puujakkaralle

istumaan, vartijat molemmin puolin. Vastapäätä, pöydän

toisella puolella oli kuulustelijana huonoa Suomea puhuva,

murteesta päätellen Inkeriläinen kuulustelija. Hän alkoi

kovaan ääneen tenttaamaan, kenet työ Hampurin

Raatihuoneella tapasitta. Äksyllä ja tylyllä toiminnalla

yritettiin tietenkin säikytellä vanhempaa herrasmiestä.

Vastasin hetken kuluttua, annettuani ensin hengityksen

tasaantua ja saatuani vähän miettimisaikaa.

"Nimeni on Heikki Penttilä, olen ajanut tilaajieni pyynnöstä

heidän antamiinsa osoitteisiin, enkä tiedä keitä he ovat

tavanneet. Olen istunut autossani lähtövalmiina, niin kuin

tapoihini kuuluu, enkä ole käynyt kurkkimassa keitä he

tapaavat." Kuulustelija ärjäisi takaisin: "Kyl sie tiijät keitä

hyö oovat tavanna, oot myös ampunna venäläisen herran

moottortiellä." Vastasin varovasti, koska äijä tuntui käyvän

aika lämpöisenä: "En todellakaan tiedä ja jos minua

ammutaan, niin ammun takaisin, niin työkin tekisittä. Hän ei

129

esitellyt ensin itseään, vaan alkoi heti ampua kohti, en

voinut tietää hänen olevan venäläinen herrasmies, koska

herrasmiehet eivät ammuskele tavallisia kansalaisia. "

Taisin mennä vähän liian pitkälle vastauksessani, vieressä

seisova karpaasi löi samantien minua aseen tukilla kylkeen,

näkyi hänkin ymmärtävän suomen kieltä.

Teeskentelin pyörtyväni, eikä se oikeasti kaukana

ollutkaan, kipu oli tosi kova, varmaan oli kylkiluita

murtunut.

Seuraavaksi heitettiin ämpärillinen kylmää vettä niskaan ja

kuulustelu jatkui: "Elä sie ukko isottele, myö tiijettään että

out ollunna kevväällä resitenttiin käännillä Helsingissä

ajamassa jenkkiin sallaasta palavelluu. Tavallinen ajur ee

ammuskele konepistoolil kettää. Out jenkkilöitten akentti ja

tiällä suap siitä kovan tuomion. "

Tämä käänne kuulustelussa ei tuntunut enää hyvältä,

tietenkin heidän tiedustelunsa toimii niin hyvin, että tietävät

130

kuka presidenttien vierailussa ajaa ketäkin ja laittavat

naamat muistiin. Yritin vastata sopuisammin, että

henkikulta säilyisi: "Olen tavallinen pienyrittäjä ja kun

saan kuljetustilauksen ei minulla ole varaa siitä kieltäytyä

muuten loppuu työ ja leivän syönti. En myöskään voi alkaa

kyselemään keitä kuljetettavat tapailevat tai mistä he

keskustelevat. Vaikka kysyisin ei sitä minulle tietenkään

kerrottaisi. Mitä siihen ampumiseen tulee, niin minulle

lyötiin torrakka kouraan ja sanottiin että on syytä

puolustautua, jos vaikka säilyttäisi hengissä."

Kuulustelija vastasi tylysti: "Hyvin oovat jenkkiin

kooluttajat opettanna ukon huastamaan, akentti mikä

akentti. Taajat tiällä piästä hengestäs."

Inkerin ukko alkoi vaikuttaa uhkaavalta ja mietinkin jo, että

tähänkö maallinen vaellus päättyy. Taisi olla suuri virhe

palata työelämään, eli ahneelle tulee paskanen loppu.

131

Sitten kuulusteluhuoneeseen marssi isompia herroja,

ainakin kaluunoita oli riittävästi.

Terävät komennot lopettivat kuulustelut välittömästi.

Inkeriläinen veti kättä lippaan ja oli vaivautuneen näköinen.

Paikalle tuli jostain kaunis naislääkäri, tutki kylkeni hellästi

ja sitoi sen. Hän sanoi hyvällä englannilla: "Vamma kyllä

paranee pian." Olo helpotti heti. Jäin kyllä ihmettelemään

uutta käännettä, sitten minut talutettiin hotellitasoiseen

siistiin huoneeseen ja tuotiin sekä syötävää että juotavaa.

Kävin tietenkin eväiden kimppuun kuin nälkäinen susi,

koska edellisestä ruokailusta oli jo melkein vuorokausi.

Katselin kanankoipi suussani, kun ryhmämme loput jäsenet

tuotiin samaan huoneeseen. Huonossa kunnossa oleva

Jorma sai juuri ja juuri kuiskattua: "Täällä sitä istutaan

herkkuja syömässä, kun samaan aikaan kaveria pätkitään

turpaan." Vastasin hänelle, maassa maan tavalla. Täällä

ensin tulee turpaan ja sitten ruoka."

Jorma yritti hymyillä rikkinäisillä huulillaan, samalla kun

hänellekin tuotiin evästä. Hän nosti peukun ylös ja aloitti

vaivalloisesti syömisen. Kalle ja Johan näyttivät

vahingoittumattomilta, ehkä venäläiset eivät halunneet

kovistella isoja herroja niin kovakouraisesti. Voihan

myöskin olla, että he vastasivat kysymyksiin vastustelematta.

Jäätyämme huoneeseen neljästään, kysyi Kalle mitä meille

Jorman kanssa oli tapahtunut ja kerroimme että tietoja

yritettiin onkia hakkaamalla ja uhkaamalla.

Kalle epäili, että meidät ehkä vaihdetaan venäläisiin

kiinnijääneisiin agentteihin tai sotilaisiin, ollaan ehkä

kauppatavaraa. Olemme täydellisessä uutispimennossa,

mutta kyllä rajalla varmaankin on ollut jotain rähinää ja

toimintaa. Jäimme odottelemaan pitävätkö Kallen arvelut

paikkansa.

13.

Helsinki Kaartinkaupunki

Pääesikunnassa odoteltiin Naton ilmoitusta Suomen ja

Ruotsin jäsenyydestä. Venäläiset olivat juuri aloittaneet

uuden hyökkäyksen rajalla ja nyt sieltä tultiin kovalla

voimalla ja suomalaiset vastasivat kaikin voimin ja

ampuivat kaikkea mikä liikkuu.

Kun Naton ilmoitus vihdoin ja viimein tuli, olivat venäläiset

joukot edenneet useita kilometrejä Suomen puolelle.

Uhreja ja kalustotappioita oli molemmilla osapuolilla.

Useita, ohjuksilla pudotettuja venäläisten Sukhoi hävittäjiä

paloi soihtuna, rikkiammuttuja panssarivaunuja oli myös

ainakin kymmenen. Hyppymiinat tekivät pahaa jälkeä

hyökkäävän jalkaväen keskuudessa. Hyvin maastoutuneet

suomalaiset ampuvat kaikilla aseilla piiput kuumina.

Taivaalta alkoi kuulua ensin hiljainen mutta nopeasti

voimistuva ulina. Kymmeniä Ruotsalaisia hävittäjiä lähestyi

lännestä ja Viron suunnalta suuri Naton lentoarmada.

Suomen Hornetit olivat tulleet muutamaa minuuttia

aiemmin ja olivat jo täydessä taistelussa venäläisten

hävittäjien kanssa.

Idästä lähestyvät Venäjän hyökkäyshelikopterit kääntyivät

äkkikäännöksellä takaisinpäin. Yhteensä yli sata

nykyaikaista hävittäjää oli niin suuri pelote, että hyökkäys

pysähtyi ja ammunta loppui puolin ja toisin.

135

Suomalaisten avuksi tulleet hävittäjät kääntyivät takaisin ja

laskeutuivat Suomen lentoasemille odottamaan vihollisen

seuraavaa siirtoa. Myöskin Suomen Hornetit kääntyivät

kohti Pirkkalaa.

Valtavan metelin ja paukkeen jälkeen laskeutunut hiljaisuus

tuntui aavemaiselta ja painostavalta. Ruudin katku ja savu

leijui alueen yllä. Ainoat äänet olivat haavoittuneiden

suomen ja venäjänkieliset avunhuudot, joita kuului pitkin

rintamaa.

Pääesikunnassa hurrattiin, hyökkääjät ovat pysähtyneet ja

odottivat varmaankin Venäjän sotilasjohdolta uusia ohjeita.

Kreml Moskova

Presidentti Ivanovilta purskahti kaviaari ja vodka

rinnuksille, kun pääministeri soitti ja kertoi Naton uusista

jäsenmaista.

Valtaisat ovet tyrkättiin auki ja armeijan komentaja marssi

apulaistensa kanssa sisään, pysähtyen Ivanovin eteen.

Hän aloitti vaivautuneena selostuksensa ja sanoi: "Herra

presidentti, joukkomme saivat niin kovan tulituksen

vastaansa, että heidän oli pysähdyttävä. Saimme myös

vastaamme valtavan määrän "Tsuhnien" avuksi tulleita

hävittäjiä. Menetimme paljon lentokoneita, tankkeja ja

sotilaita."

Ivanov kysyi komentajalta: "Kannattaako meidän jatkaa

sotatoimia, vai tuleeko siellä rajalla kunnolla turpaan?"

Komentaja huokaisi, katseli pitkin seiniä ja vastasi: "Suomi

ja Ruotsi ovat nyt Naton jäseniä, äsken saatiin lisäksi uusi

137

tieto, he muodostavat Valtioliiton ja toimivat sotilaallisesti

ja taloudellisesti kuin yksi valtio.

Me tarvitsemme Suomi-Ruotsin miehitykseen niin paljon

resursseja, että Keski-Euroopan vastainen rajamme jää

liian haavoittuvaksi ja Nato iskee silloin sieltä kimppuumme

ja turpaan tulee niin että tukka lähtee. Ehdottaisin herra

presidentille, vetäydymme Suomi-Ruotsin kimpusta ja

nuolemme haavamme."

Presidentti kirosi raskaasti ja ihmetteli, kuinka Nato oli niin

nopeasti rajalla auttamassa, he olivat keränneet joukkojaan

avuksi jo valmiiksi ja jäsenilmoituksen jälkeen olivat

välittömästi Suomessa. Meidän tiedustelumme epäonnistui

totaalisesti, koska ei reagoitu vastapuolen joukkojen

siirtoihin.

Presidentti hiillosti komentajaa ja kysyi vihaisesti: "Saitteko

kenraali Häkkisen porukasta puristettua tietoja?"

"Ruotsalainen kertoi auliisti mitä kysyttiin, pelkäsi

ilmeisesti, että kauniisiin kasvoihin jää jälkiä. Kuljettaja ja

turvamies eivät kertoneet mitään, vaikka tarvitsivat lääkärin

hoitoa käsittelyn jälkeen. Kenraalilta ei tarvinnut kysyä,

koska saimme tiedot Bildenbergiltä.

He kävivät allekirjoittamassa Naton pääsihteerin luona

liittymissopimuksen. Ilmeisesti tiedon julkaisua pitkitettiin,

että apujoukot ehtivät Suomen avuksi."

Presidentti olisi halunnut teloituttaa koko porukan, mutta

siitä nousisi niin kova haloo, että siihen ei nyt ole varaa.

Hän määräsi, että vangit pidetään hyvässä kunnossa ja

ruokitaan hyvin, jos heistä voitaisiin jotenkin hyötyä.

Komentajalla oli siihen ehdotus: "Meillä on Suomessa

vankina sekä tunnuksettomia sotilaita että yhden

helikopterin miehistö. Voisimme tehdä vaihtokaupan ja

saisimme omat miehemme pois Suomesta."

14.

Pääesikunta Kaartinkaupunki

Tasavallan presidentti Ville Säynästö saapui pääesikunnan portista viiden auton saattueessa poliisihelikopterin valvoessa ilmatilaa ja talojen kattoja.

Turvataso on nostettu huippuunsa, koska itänaapurista ei koskaan tiedä. Heillä kuuluu työkalupakkiin kosto tavalla tai toisella ja jotain rangaistusta Suomelle Ivanov varmasti suunnittelee. Eihän pikku naapuri omin luvin voi Natoon liittyä.

Presidentti, kaikki ministerit sekä puolustusvoimien johto siirtyivät pääesikunnan maanalaisiin turvatiloihin pitämään kriisikokousta sotatilan johdosta.

Puolustusministeri avasi tilaisuuden vakavana, hän näytti

todella väsyneeltä: "Herra presidentti, on ollut muutama

todella raskas päivä meillä kaikilla. Rajalta juuri

saamiemme tietojen mukaan naapuri olisi vetäytymässä

hyvässä järjestyksessä. Olemme välittäneet heille tiedon,

että he saavat rauhassa viedä romunsa ja kaatuneet sotilaat

mukanaan. Kaatuneita venäläisiä on todella paljon.

Valitettavasti kaatuneita on meilläkin, mutta onneksi

vähemmän kuin naapurilla.

Olimme todella lähellä täyttä sotaa ja pitkässä juoksussa

meille olisi käynyt huonosti, olisimme olleet Ivanovin

käskyläisiä. Apujoukot tulivat viimeisellä minuutilla."

Presidentti kiitti kaikkia loistavasti tehdystä työstä. Suurin

harmistuksen aihe hänellä oli kaatuneiden lisäksi, Häkkisen

kadonnut ryhmä, joka vaikutti toimillaan Suomen

pelastumiseen. Heistä ei ole mitään tietoja, ovatko

Moskovassa vai edes hengissä.

141

Puolustusvoimien komentaja sai Tikkakoskelta

Viestikoekeskukselta hienoja uutisia, meidän mukava

naapurimme vetäytyy rajalta ja on jo alkanut siirtää osaa

joukoistaan varuskuntiin.

Supon päälliköllä oli kommentoitavaa: "Hieno homma,

päästään keskittymään yhteiseloon Ruotsin kanssa, siinähän

meillä sitten hommaa riittääkin.

Olemme ihmetelleet, mistä venäläiset saivat vihiä Häkkisen

porukan liikkeistä, onhan heillä tietenkin väkeä ympäri

Suomea ja kyberukkoja lähetystössä pilvin pimein. Olemme

kuitenkin tsekanneet myös oman väen ja olemme laittaneet

yhden virkailijan tarkkailuun. Hän on Suomen kansalainen,

mutta syntynyt Venäjällä ja inkeriläistä sukujuurta.

Puhelimen käyttöä tsekataan jo ja hänellä on myös

varjostaja. Meillä on vahva epäilys, että hän on Illegaali.

Irina Jääski, Supon nuorempi virkailija oli lähdössä lenkille

kotoaan Fleminginkadulta, kun hän sai käskevän viestin

Iivanalta: "Tule välittömästi alas ja ota passi mukaan."

Irina ihmetteli viestiä, mutta teki kuten pyydettiin. Hän

hölkkäsi raput alas suoraan Iivanan ja tämän isokokoisen

apurin syleilyyn. Irina tyrkättiin mustan Audin takapenkille.

Audi lähti rivakasti kohti Helsinginkatua ja

Satamaradankadun kautta Sturenkadulle suuntana

lentoasema ja Moskovan kone.

Irina kysyi hätääntyneenä, mistä tässä on kyse? Iivana

sanoi Irinalle: "Saatat olla paljastunut vakoojaksi ja nyt on

syytä poistua maasta välittömästi." Irina valahti kalpeaksi

ja myöntyi vastahakoisesti. Vakooja saa Suomessa kovan

tuomion ja paluu Äiti Venäjälle on varmasti parempi

vaihtoehto.

Venäläiset eivät huomanneet Fleminginkadulta peräänsä

lähtenyttä valkoista WW Golfia, joka pysytteli muutaman

auton mitan päässä takana, jättäytyi välillä kauemmaksi ja

143

aina liikennevaloja lähestyttäessä lähemmäs, että pääsee

samoilla vihreillä läpi.

Mikko Morri, kokenut Supon vanhempi etsivä varoitti Simo

Mäkistä, joka oli pyydetty Karhun terroristiyksiköstä

avuksi: "Tuo musta Audi, joka pysähtyi Jääsken rapun

kohdalle, on meille tuttu, sitä on myös joskus seurailtu ja se

kuuluu venäläisille tiedustelumiehille.

Mäkinen otti mukaansa tuoman konepistoolin jalkojensa

väliin valmiiksi, peli on nyt niin kovaa, että kaikkeen on

oltava valmiina. Hän on Karhuryhmän kokeneimpia

poliiseja ja osasi jokaviikkoisten harjoitusten tuomalla

varmuudella varmasti käyttää niin aseita kuin treenattua

satakiloista kroppaansa kaikissa tilanteissa.

Pojat näkivät venäläisten astuvan ulos autosta ja asettuvan

molemmin puolin rappukäytävää odottamaan. Kadulle

astunut neitokainen tyrkättiin kovakouraisesti autoon ja

Mikolle sekä Simolle tuli heti selväksi, Irina ei lähtenyt

vapaaehtoisesti kyytiin. Venäläiset toimivat niin nopeasti,

että pojat eivät ehtineet kissaa sanoa.

Vilkku päälle ja seuraamaan venäläisiä, ehkä tulisi tilaisuus

pysäyttää heidät ja vapauttaa Irina.

Simo otti yhteyden poliisin hälytyskeskukseen ja pyysi

apuvoimia.

Kaikki poliisit, myöskin Karhukoplan väki olivat kiinni

erilaisissa tehtävissä, eikä apua luvattu.

Sähköverkon häiriöt ja puhelinten toimimattomuus olivat

saaneet rosvot ja epämääräiset ainekset rikosten pariin ja

kaikilla oli kädet täynnä töitä.

Mikko myös epäili venäläisillä olevan maassa useita

agenttiryhmiä, ehkä jopa spesnaz joukkoja, jotka olisivat

aiheuttaneet tuhoja, jos venäläisten miehitys olisi päässyt

kunnolla käyntiin. Nyt sotilaat etsivät ja jahtaavat niitä

pitkin pääkaupunkiseutua.

Simo kaivoi luotiliivit takapenkiltä ja puki ne, Mikolle hän

otti myös liivit valmiiksi, jos ne saisi puettua

liikennevaloissa seistessä päälle.

Venäläiset kääntyivät Mäkelänkadulle ja seuraajat olivat

varmoja, että suuntana on Helsinki Airport. Mikko ehdotti,

pysäytetään ne Lentoasemantiellä heti kun sinne on noustu

kehä kolmoselta.

Audin käännyttyä Lentoasemantielle, Mikko ajoi melkein

venäläisten takakonttiin kiinni. Onneksi venäläiset ajoivat

ylinopeutta ja saatiin hyvä syy pysäyttää heidät.

Mikko sytytti Golfin maskiin piilotetut hälytysvilkut ja

punaisen pysäytysvalon. Venäläisillä ei ollut aiettakaan

pysähtyä, vaan he lisäsivät vauhtia ja meno näytti jo

vaaralliselta. Supon etsivien koulutukseen kuuluu myös

nopean ajon ja saattueajon harjoittelua, nyt taitoja

tarvittiin. Onneksi Mikko oli saanut käyttöönsä Golfin R-

mallisen version, jossa on 310 hevosvoimaa ja jäykempi

alusta.

146

Pojat kiihdyttivät helposti venäläisten rinnalle ja näyttivät

stop lätkää, ei vaikutusta. Mikko kiilasi venäläiset

pientareelle ja pakotti heidät pysähtymään.

Simo loikkasi salamana ulos autosta, repäisi venäläisten

Audin kuljettajan puoleisen oven auki ja karjaisi

"rugiveer", Mikko seisoi jo autojen välissä hajareisin ja

osoitti miehiä Glock pistoolilla. Iivana, joka oli kookkaampi

ja rumempi, yritti pakoon piennarta pitkin, mutta se oli

suuri virhe. Simo oli yli satakiloiseksi hämmästyttävän

nopea ja ketterä. Annettuaan konepistoolin Mikolle, juoksi

Simo hetkessä karkulaisen kiinni, veti tältä jalat alta ja

hyppäsi täydellä voimalla pakenijan selkään.

Iivanalta sammuivat kaikki valot ja rutinasta päätellen

jotain meni rikki tai poikki. Simon lakoninen kommentti:

"Sitä saa mitä tilaa."

Molemmat venäläiset, sekä Irina laitettiin käsirautoihin ja

tungettiin Golfin takapenkille, olihan siellä ahdasta, mutta

eihän tämä ollutkaan mikään huviretki.

147

Koko porukka vietiin Supoon kuulusteluihin, jotka aloitettiin

välittömästi.

Toinen venäläisistä aloitti mykkäkoulun ja Iivana oli niin

huonossa hapessa, ettei pystynyt puhumaan.

Irina oli todella peloissaan ja kalmankalpea, kun hänelle

selvisi, että maanpetoksesta saa elinkautisen

vankeusrangaistuksen. Hänen puhelimestaan ja

tietokoneestaan saatiin raskauttavat todisteet vakoilusta

Venäjän hyväksi.

Hän kertoi auliisti kaiken mitä oli vuotanut Iivanalle, myös

Jorman hyväksikäytön.

15.

Kreml

Presidentti Ivanov oli kutsunut Pääministerin, puolustusvoimien

ylimmän johdon ja tiedustelaelinten johtajat hätäkokoukseen, joka

pidettiin Kremlin kellarikerroksen kriisiajan turvatiloissa.

Hän näytti väsyneeltä ja jopa pelokkaalta, hän tiesi, että

Venäjällä palli potkaistaan alta joskus aika yllättäen.

Pääministeri Vladimir Bimski, joka oli ollut Presidentin

henkivartioston päällikkö vielä muutamia kuukausia

aikaisemmin, oli saanut pääministerin viran pelastettuaan

Ivanovin hengen vallankaappausyrityksessä.

Vallankaappausyritys oli jatkoa epäonnistuneelle

Yhdysvaltojen presidentti Stumpin tapaamiselle Suomessa.

Presidenttien tapaaminen Suomessa keskeytyi Venäjän edellisen pääministerin yritettyä kaapata vallan ja melkein onnistuikin siinä.

Ivanov avasi kokouksen: "Hyvät toverit ja ystävät. Suomen valloitus ja haltuunotto ei mennyt niin kuin Strömsössä. Suomi ja Ruotsi olivat kieroilleet selkämme takana ja onnistuivat Natoon liittymisessä ja se ratkaisi pelin heidän edukseen.

Pyydän ehdotuksia arvon herroilta, kuinka saamme yhdistyneen Ruotsi-Suomen sekä Natomaat rauhoitettua ja vahingot minimoitua."

Pääministeri Bimski aloitti jäätävällä äänellä järisyttävän puheensa, joka vaikutti koko Venäjän tulevaisuuteen.

"Herra Presidentti, teidän naapurimaiden valloitushalunne ja sairaalloinen oman edun tavoittelunne ovat käymässä Venäjälle kohtalokkaiksi. Länsi ei enää luota meihin *tippaakaan. Ensin Krimin valloitus, siellä matkustajakoneen*

alas ampuminen sekä toimittajien myrkytys Lontoossa. En

minäkään luottaisi valtioon, jossa on noin arvaamaton

päämies. Olemme yhdessä armeijan ylipäällikön,

ulkoministerin ja sisäministerin kanssa päättäneet, että

teidän virkakautenne on päättynyt. Minä siirryn toistaiseksi

virkaatekeväksi presidentiksi ja teidät vangitaan ja

tuomitaan Venäjälle vahingollisesta toiminnasta pitkäksi

ajaksi vankilaan. Se on meidän neljän muodostaman

"juntan, "sovinnon ele lännelle.

Onko kenelläkään kommentoitavaa tai muita ehdotuksia?"

Armeijan komentajalla oli sanottavaa: "Tämä päätös on

Venäjälle valtiona välttämätön, taloudellinen tilanteemme ei

kestä isottelevaa presidenttiä. Valtion varat ovat valuneet

Ivanovin oligarkkikavereille, sekä hänen omille salaisille

tileilleen.

Presidentti vaihtuu, siihen on armeijalta täysi tuki ja pulinat

pois. "

Pääministeri kiitti luottamuksesta ja kannatuksesta, koska

muita puheenvuoroja ei ollut, asia tuli loppuun käsitellyksi.

Uusi vastavalittu presidentti Bimski määräsi

tiedotustilaisuuden asiasta kello 12 Kremlissä.

Sisään marssi viisi sotilasta majurin johtamana ja entinen

presidentti talutettiin vauhdikkaasti ulos, kohti pitkää

vankeutta.

Ivanov mietti kuumeisesti olisiko tilanteesta ulospääsyä.

Muutamia kuukausia sitten oli jo hengenlähtökin lähellä,

mutta silloinen pelastaja nappasi nyt viran itselleen.

Bimski ehti olla hetken pääministerinä ja nyt hän on jo

presidentti. Vanha venäläinen tapa han on, jos käännät

selän niin Mora on selässä kahvaa myöten.

Suomessa kaveria ei jätetä, täällä se siirretään sivuun tai

tapetaan.

Bimski, Armeijan ylipäällikkö ja KGB; n komentaja

aloittivat oman kokouksensa muiden poistuttua

turvahuoneesta.

He tulivat siihen tulokseen, että yritetään vaihtaa neljä

laivalta kaapattua vankia Suomessa vangittuihin

agentteihin, vangeiksi jääneisiin sotilaisiin sekä Irina

nimiseen Illegaaliin, joka on ollut Suomen suojelupoliisissa

töissä, mutta paljastunut ja vangittu.

Vaihtokauppa voisi sopia suomalaisille, he pääsisivät

kiusallista vangeista eroon ja saisivat neuvottelijoina

kunnostautuneen ryhmän Suomeen takaisin.

KGB:n komentajaa ärsytti suunnattomasti, että Suomi-

Ruotsi toimi salaa ja onnistui siinä. He tarvitsevat

jonkinlaisen näpäytyksen, että eivät ala ylpistymään ja luule

itsestään liikoja.

Bimski tiesi, että Ivanov oli tukenut Suomen pääministerin

bisneksiä jo useiden vuosien ajan. Heillä oli myös yhteisiä

salaisia suunnitelmia siitä, että Fortumin Suomen valtion

omistamat osakkeet myydään bulvaanin kautta Rosatomille.

Venäläiseen tyyliin Suomen pääministeri saisi kaupasta

valtaisat bonukset ja lisäksi hän pääsisi Rosatomin

hallitukseen miljoonan euron vuosipalkalla.

Bimski oli myös saanut tietää oligarkkiystäviltään, että

Suomen liikenneministeri Anni Lorenz on saanut valtavia

summia veroparatiisitililleen. Maksajina on jenkkiläinen

kyytipalvelu, ruotsalainen taksiyhtiö, sekä suuri saksalainen

rautatiejätti. Maksut ovat korvaus Suomen

liikennejärjestelmän vapauttamisen eteenpäinviemisestä.

Tämän liikenneministerin on Suomen pääministeri junaillut

virkaan ja koko kuvio on etukäteen suunniteltu ja ilmeisesti myös pääministerin salaiselle tilille on tullut samoilta

maksajilta suorituksia.

Vuodetaan nämä tiedot maailmalle ja yritetään saada

Suomeen meille mieluisampi pääministeri ja hallitus.

Venäjän valtaisa kyberhyökkäyksiin ja vakoiluun keskittynyt

virasto Moskovassa sai toimeksiannon aloittaa tietojen

vuotamisen ja levittämisen.

16.

Mäntyniemi

Suomen presidentti Säynästö ajatteli ottaa edes yhden illan

leppoisammin nuoren ja viehättävän vaimonsa, sekä heidän

yhteisen pienokaisensa kanssa.

Mäntyniemen henkilökunta oli laittanut parastaan ja
kattanut pöydän koreaksi.

Presidentti sai vaimoltaan pienokaisensa syliinsä ja suukon poskelleen, elämä tuntui mukavavalta.

Säynästö oli juuri nukahtamaisillaan lapsensa tuhinaan, kun presidentin kansliapäällikkö saapui anteeksipyydellen häiritsemään herkkää hetkeä.

"Herra presidentti, nyt tuli ikäviä uutisia. Uutisten lähdettä ei ole pystytty todentamaan, todennäköisesti sylttytehdas löytyy Venäjän johdosta.

Vakuuttavien todisteiden mukaan pääministerimme on suhmuroinut Venäjän edellisen presidentin Ivanovin kanssa Fortumin osakkeiden myynnistä Rosatomille. Myöskin liikenneministeri Lorenz on ottanut lahjuksia ulkomailta, liittyen liikennekaaren edistämiseen."

Presidentti hermostui ja korotti ääntään, vaikka perhe oli läsnä. "Tätä minä pelkäsin, oli minun virheeni nimittää epämääräinen liikemies virkaan, minua kyllä varoiteltiin hänen omaan napaan tuijottamisestaan. Hän on myöskin ajanut Keskustapuolueen ja kavereidensa etuja, vaikka maan edun pitäisi mennä kaiken edelle.

Sitten pyrkyri Lorenzin valinta taisi olla pääministeriltä etukäteen

suunniteltu juttu. Minä kyllä ihmettelinkin tätä hinkua kilpailuttaa

kaikki palvelut ja myöskin valtion omaisuuden myyntivimmaa.

Presidenttinä en kuitenkaan voinut niihin puuttua.

Tietenkin tietojen vuoto on Venäjän kosto meidän liittymisestä

Natoon, heidän pitää näyttää valtaansa jotenkin, koska Suomen

valloituksessa tuli turpaan. Pakkohan meidän on hajottaa hallitus,

jos todisteet heidän rikkomuksistaan pitävät paikkansa. Heidät

pitää laittaa syytteeseen Valtakunnanoikeudessa virkarikoksesta ja

maanpetoksesta. "

Pääesikunta Kaartinkaupunki

Puolustusvoimien operaatiokeskukseen tuli venäläisiltä

kovasanainen nootti. Vangittuina olevat sotilaat, myöskin

tunnuksettomat on palautettava Venäjälle välittömästi. Myöskin

Irina Jääski niminen Supon virkailija, sekä kaksi lähetystön

virkailijaa on vapautettava tutkintavankeudesta. Hyvän tahdon

157

eleenä Venäjä palauttaa neljä henkilöä, jotka ovat osallistuneet

venäläisten liikemiesten murhaan Saksassa. Venäläisten

vaatimuksesta vankien vaihto tulee toteuttaa täysin salassa

julkisuudelta.

Suomalaiset yllättyivät iloisesti Häkkisen ryhmän löytymisestä,

sekä tiedosta että he ovat hengissä. Venäläiset näköjään syyttävät

heitä murhasta, vaikka kyse on todennäköisesti ollut

itsepuolustuksesta. Vankien vaihdon suunnittelu aloitettiin

välittömästi.

Valtioneuvoston linnan eteen Senaatintorille kurvasi kolme

tunnuksetonta suojelupoliisin autoa. Jokaisesta autosta nousi kaksi

poliisimiestä, sekä ensimmäisessä autossa matkustajana ollut

Suojelupoliisin päällikkö.

Hänelle tehtävä oli mieluisa, koska hän ei pitänyt pääministeristä

ja vielä vähemmän liikenneministeristä. Molemmat olivat isotelleet

hänelle, liikenneministeri tapojensa mukaan jopa pojitellut. Koko porukka marssi lasikopissa istuvan vartijan luo ja pyysi päästä

pääministerin luo. Virkailija katsoi tietokonenäyttöä ja sanoi että

teillä ei ole sovittua tapaamista. Supon päällikkö sanoi, ei

tarvitsekaan ja läväytti henkilökorttinsa tiskiin. Kävelemme nyt

portin läpi, hälyttimen kuuluukin sitten hälyttää koska meillä on

kaikilla aseet mukana. Vartija jäi sanattomana tuijottamaan

porukan perään, eikä uskaltanut sanoa sanaakaan.

Hallitus oli käsittelemässä itse ryssimäänsä sotepakettia, joka ei

taida koskaan valmistua, ehkä hyvä niin.

Ovet räväytettiin auki ja poliisit marssivat vangittavien

ministereiden taakse ja komensivat heidät seisomaan. Heille

luettiin heidän oikeutensa ja käskettiin seuraamaan.

Liikenneministeri Lorenz aloitti tyypillisen isottelunsa: "Ettekö

tiedä kuka minä olen." Vastaus oli tyly: "Tuleva maanpetoksesta

tuomittu vanki. Onko rouvalla muita kysymyksiä?" Ei ollut. Hänen

ilmeensä ei tosin ollut enää niin ylimielinen kuin yleensä.

Loput hallituksen ministereistä jäivät hölmistyneinä istumaan ja

ihmettelemään mitä meille nyt tapahtuu. Kaikki tietenkin tiesivät,

159

että ministerinhommat olivat tässä. Demarit muodostavat

seuraavan hallituksen rungon, koska he tulevat varmasti

voittamaan vaalit. Kun Suomen ja Ruotsin valtioliitto alkaa toimia

täysillä muutaman vuoden päästä, niin silloin puhaltavat kokonaan

uudet tuulet ja uudenlaiset päättäjät hyppäävät kehiin.

17.

Kreml Moskova

Presidentti Bimski oli todella tyytyväinen Suomesta

tulleisiin tietoihin, hallitus vaihtuu ja todennäköisesti

saadaan meille suosiollisemmat henkilöt puikkoihin.

Jotain meillä Venäjällä osataan tosi hyvin ja se on

kybervaikuttaminen.

Bimski sai eteensä suunnitelman vankien vaihdosta. Venäjä

ei halua mitään julkista vaihtotapahtumaa. Venäläiset eivät

myönnä, että sotilaita tai siviilejä olisi vankina Suomessa.

Armeijan ehdotus on, että Suomessa olevat venäläiset

vangit tuotaisiin Allegrolla Vainikkalaan tavallisten

matkustajien joukossa ja suomalainen ryhmä siirrettäisiin

Viipuriin odottamaan vaihtotilannetta. Suomalaiset eivät voi

asua Viipurissa hotellissa, koska heidät tunnistettaisiin

helposti.

FSB on tietenkin tarkistanut suomalaisten sekä Bildenbergin

taustat ja elämät perusteellisesti.

Heikki Penttilästä löytyi mielenkiiltoinen tieto, hän on

jäsenenä liikemiesten yhdistyksessä, jolla on jäsenten

käytettävissä oleva asunto yhdessä Viipurin hienoimmista

taloista. Heidän ryhmänsä voisi majoittaa sinne. KGB voi

vartioida ryhmää asunnossa ja pitää huolta, etteivät vangit

karkaa omille teilleen.

161

Sanomattakin on selvää, että Venäjälle suurta vahinkoa

aiheuttanutta ryhmää ei ole tarkoitus päästää palaamaan

Suomeen. Kun saamme omat kansalaisemme rajan tälle

puolen, vangitsemme jo vapautetun porukan uudestaan ja

sen jälkeen he katoavat lopullisesti.

Annamme heille hämäyksen vuoksi heidän puhelimensa

takaisin ja luvan järjestellä paluukuljetuksensa Suomeen

henkilöautolla tai junalla ja heidän kotimatkallaan me

iskemme. He joutuvat onnettomuuteen tai kolariin, voihan

olla, että he saavat yllättäen Pollonium myrkytyksen.

Katsotaan sitten tarkemmin mitä keinoja käytämme.

Kreml

Heikkiä ja Jormaa tultiin hakemaan lääkärintarkastukseen.

Sama hemaiseva lääkäri kuin aiemminkin tutki heidät ja

antoi matkustustusluvan. Jorman kasvot olivat ruvella ja

162

mustelmilla ja Heikin kylkiluut olivat venäläisten käsittelyn

jäljiltä vielä kipeät mutta rinnan ympäri kiedottu tukiside

teki olosta jo siedettävän.

Sama Inkeriläisukko, joka oli toiminut kuulustelijana, odotti

toimistossaan, kun meidät talutettiin paikalle. Saimme

puhelimemme ja kaikki muutkin meiltä viedyt varusteet

takaisin. Ukko oli edelleen yhtä ylimielinen kuin

aikaisemminkin. "Teejät vaihettaan venäläisiin

sankarsotilaisiin. Jos minulta kysysittä niin koko lauma

pitäisi viijä saanan tuakse ja lopettoo. Ootta murhanna

venäläisiä ja venkoilleet meitä vastaan. Mänkää

huoneisiinne veksloomaan palluutanne Suomeen. Teejät

siirrettään Viipuriin ovottammaan vankiin vaihtoa. Herra

Penttilä suap järjestellä koko porukan liikemiesyhistyksen

kortteeriin. Tiijämmää että teillä on oikeus käyttee sitä."

Siirryimme omiin tiloihimme ja Jorma näytti käsimerkeillä,

että puhelimia ja huoneita kuunnellaan. Hiippailimme

163

kaikki kylpyhuoneeseen ja laitoimme vesihanan ja suihkun

kohisemaan ja vedimme vessan aina kun vesisäiliö oli

täynnä. Puhuimme kuiskaten ja Kalle näytti, että hänellä on

asiaa: "Olen touhunnut ryssien kanssa sen verran että he

eivät tule meitä päästämään Suomeen vaan kieroilevat

jotain. Kyytijärjestelyt on pakko hoitaa puhelimella ja he

kyllä kuuntelevat puhelut. Onko teillä Jorma Supossa jotain

valmista suunnitelmaa tällaisen varalle." Jorma oli

mietteliään näköinen ja vastasi: "Ei ole, mutta yritän

muotoilla sanomisen niin että ymmärtävät. Pyydän heitä

lähettämään meille auton, jos vaikka saataisiin meidän tuttu

Volvo, ovat varmaan poimineet sen Finnstarilta talteen.

Pari äijää tuomaan auto Viipuriin ja keksitään sitten jotain

todella yllättävää, että naapuri ei osaa siihen varautua."

Kenraali Häkkinen otti kokemuksellaan ja arvovallallaan

toiminnan hanskaansa ja kysyi sitten minulta: "Heikki, saat

järjestää sen kämpän meille. Millainen se on ja missä päin

Viipuria, tunnen se kaupungin aika hyvin, kun olen vetänyt siellä matkailijaryhmiä." " Toisen kerroksen asunto, iso

keittiö, makuuhuone ja oleskelutila. Siellä voi helposti

yöpyä kuusi henkeä. Talo on suuri, graniitista tehty ja ehkä

Viipurin upein asuintalo. Talon on rakennuttanut

viipurilainen kauppaneuvos ja asunto on sama, jossa hän

itse asui ennen sotia. Viipurin juna-asemalle on muutama

sata metriä." Häkkinen sanoi tietävänsä talon.

Alkoi kova puhelurumba Suomeen. Kalle järjesteli asioita

Presidentti Säynästön kanssa ja Jorma soitti Supon

päällikölle. Itse soitin liikemiesyhdistyksen puheenjohtajalle

ja kerroin mitä meidän puolesta oli venäläiset päättäneet.

Hän kertoi Viipurin asunnon olevan varattuna, mutta

saamme sen käyttöömme ja siellä asuvat siirtyvät hotelliin

asumaan. Saamme avaimet heiltä, kun saavumme

kaupunkiin. Kiitin häntä ja kielsin puhumasta asiasta

kenellekään, koska kaikki on ryssien määräyksestä salaista.

Lupasin antaa yhdistyksen kokouksessa seikkaperäisen

selvityksen keissistä, jos pääsen hengissä kotiin.

Supo Ratakatu

Kuuntelusta suojatussa neuvottelutilassa alkoi juonien punonta

Viipuria varten.

Joukolla mietittiin ja pähkäiltiin mitä Jorma vinkeillään

tarkoitti. On selvää, että puhelua kuunneltiin ja Jorma ei

voinut puhua suoraan. Hän halusi auton ja mielellään heillä

käytössä olleen Volvon, jolla he sitten ajaisivat Vaalimaalta

yli kotimaahan, heti kun Allegrolla tulleet venäläiset

ylittäisivät rajan. Jorma oli vinkannut kenraali Häkkisen

pelkäävän rajanylitystä, siinä voi sattua vaikka mitä.

Kokoukseen asiantuntijaksi pyydetty puolustusvoimien

operaatiopäällikkö ymmärsi heti mitä Häkkinen tarkoitti.

Heidän ryhmänsä on piikki venäläisten lihassa, eivätkä he

meinaa päästää porukkaa rajan yli vapauteen. Hän on

erittäin kokenut kettu ja on varmasti oikeassa. Meillä on

ollut miehiä salaisessa tehtävässä Pietarissa, jolloin

haimme pari henkilöä kotimaahan. Naapurille ei koskaan

selvinnyt miten me sen teimme. Nyt käytetään kertaalleen

harjoiteltua kikkaa. Ollaan toimivinamme niin kuin

venäläiset ovat ehdottaneet. Lähetetään heille auto ja

Karhukoplan ammattimies viemään sitä. Nyt välittömästi

lähtee yksi kaveri Pietariin, vuokraa lentokentältä auton, ja

hommaa tarvittavat varusteet, jotka hän tuo Viipurin

lähettyville. Häkkisen ryhmä uitetaan Koiviston

öljysatamasta lähtevään tankkilaivaan. Ryssä ei arvaa

karkulaisten suuntaavan itään kohti Pietaria, vaan luulevat

heidän suuntaavan rajalle. Porukan turvamies Jorma on

167

kertonut kuljettaja Heikin saaneen kuulusteluissa kovan

iskun kylkeen ja se voi haitata uintia öljytankkerille. Jorman

mielestä ukko on kuitenkin sitkeä sissi, harrastanut junnuna

painia ja punttisalia, on vieläkin kovassa kunnossa eikä

pikku kivuista välitä.

Suunnitelmaan tarvitaan tietenkin valtionjohdon siunaus.

Kaikkien mielestä loistava suunnitelma, aletaan heti

toteuttamaan sitä.

18.

Simo Mäkinen sai komennuksen lähteä viemään Volvoa

Viipuriin, ilmeisesti hänen toiminnastaan oltiin tykätty

venäläisten vangitsemisessa lentokentän lähellä. Mikko

Morri Suposta joutui Pietariin varusteiden hankintaan.

Onneksi kavereiden yhteistyö toimii hienosti, naapurissa voi

tulla vielä kovat paikat.

Mikon lento saapui Pulkovon lentoasemalle ajallaan.

Tullimuodollisuudet sujuivat hyvin, onneksi hänellä oli

yhden vuoden viisumi voimassa, eihän sitä näin nopeasti

olisi saatu millään muuten hankittua. Lentoasema ja koko

kaupunki on tullut Mikolle tutuksi useista työreissuista ja

salaisista tehtävistä.

Pulkovossa oli tuttu säpinä päällä. Viiden miljoonan

asukkaan kaupunki on tullut suosituksi turistikohteeksi ja

turisteja näkyi olevan melkein maailman joka kolkalta.

Mikon oli helppo sulautua turistien joukkoon, eikä häneen

kiinnitetty mitään huomiota.

Tutusta autovuokraamosta löytyi huomaamaton harmaa Ww

Transporter pikkubussi, onneksi siinä oli tummennetut

sivulasit, niin ei olla ihan näytillä, eikä ulos näy keitä siellä

kulkee.

Mikko käänsi auton keulan kohti kehätietä ja kiinalaista

Gitai Gorod kauppakeskusta. Hän on hakenut sieltä

varusteita ennenkin ja tiesi että Decathlon

urheiluvälinekaupassa on hyvä valikoima märkäpukuja,

snorkkeleita, uimaräpylöitä, pään peittäviä sukeltajan

huppuja sekä kumiveneitä.

Kaikki tarvittavat varusteet löytyivät suoraan hyllystä.

Onneksi heillä oli Torgeedo sähköperämoottori vara-

akkuineen valikoimissa, siinä on riittävästi potkua porukan

ja kumiveneen viemiseksi öljytankkerin luo. Tavallisen

markettimoottorin teho ei olisi riittänyt ja normaali

perämoottori pitää niin kovaa ääntä, että se ei olisi käynyt

salaiseen liikkumiseen.

Mikko latoi ilmeenkään värähtämättä ison kasan Ruplia

tiskiin. Myyjä vähän ihmetteli suurta käteismaksua ja

tavaran paljoutta. Mikko kertoi heidän menevän Laatokalle

siivoamaan kaverin suuren datšan rantaa ja siksi on

märkäpukuja joka ukolle. Myyjä nosti peukun ylös ja sanoi:

"Hyvä valinta, nämä ovat meidän paksuimmat puvut, vesi

alkaa näin loppukesällä olla Laatokalla jo aika kylmää."

Mikko kysyi varovasti myyjältä melkein kuiskaten:

"Tiedätkö mistä saisin kättä pidempää, siellä datšan

lähistöllä pyörii välillä epämääräisiä tyyppejä ja olo tuntuu

turvattomalta?" Myyjä iski silmää ja sanoi tiskin alla

olevan Taser sähkölamauttimia pari kappaletta, mutta ne

ovat kalliita ja laittomia. Onhan minulle sitten myös jäänyt

Kloroformia yksi puteli, jos tarvitset. Mikko osti

tiskinalustavarat, vaikka ne olivat tosi hinnakkaita. Onneksi

oli rajaton budjetti ja taskut täynnä Ruplia. Mikon

raahattua romppeet autoon alkoi ajomatka kohti Viipuria.

Simo saapui Vaalimaan raja-asemalle vähän jännittyneenä.

Autoon oli piilotettu yhdet venäläiset Pietarin

rekisterikilvet, sekä auton kylkiin liimattavat Radisson

171

Royal St Petersburg tarrat, niitä tultaisiin pakomatkalla

tarvitsemaan.

Autoa oli ilmeisesti jo odoteltu, koska auton vierelle marssi

useita rajavartijoita, joita johti tärkeän näköinen korkea-

arvoinen upseeri. Simo käskettiin ulos autosta, hänet

tarkistettiin metallinpaljastimella ja kopeloitiin tarkasti,

etsivät varmaan aseita. Auto pengottiin läpikotaisin, mutta

eivät löytäneet mitään.

Viipuriin ajo ei kestänyt kauaa ja Simo majoittui

Salakkalahden rannassa olevaan hotelli Victoriaan. Hänelle

oli rajalla kerrottu, että Häkkisen ryhmä olisi tulossa

huomenna ja kun auto on luovutettu tulijoille, on hänen

poistuttava maasta välittömästi, koska hänellä ei ole

viisumia.

Häkkisen ryhmä istutettiin Kremlin muurien sisälle

saapuneeseen helikopteriin. Liikkeelle lähdettiin

välittömästi. Nyt ryhmän annettiin puhua keskenään, ikään

kuin olisivat jo vapaita.

Häkkinen puhui kuiskaten: "Tämä homma haisee,

uskottelevat että olemme jo melkein vapaita ja luulevat että

emme ole enää valppaina.

Tämä kyllä varmistaa sen, että he eivät aio meitä päästää

Suomeen."

Johan Bildenberg oli lievästi sanottuna närkästynyt. Hän oli

koko Natoon liittymisen ja Suomi-Ruotsi yhteistyön

alullepanija, nyt häntä kuulusteltiin kovakouraisesti ja

lennätellään ympäri Eurooppaa ja Venäjää

sotilaskoptereilla. Hän on yksi Ruotsin rikkaimmista

henkilöistä, eikä VIP palvelusta ole tietoakaan. Kalle

lohdutti Johania: " Ollaan iloisia, että ollaan hengissä,

meillä on vielä paljon matkaa jäljellä ja varmasti yllättäviä

käänteitä ennen kuin ollaan Suomessa, vai onko se jo

Ruotsi-Suomi. Toivotaan ja uskotaan että on joku hyvä

suunnitelma meidän muiluttamiseksi rajan yli.

Kolmen tunnin lennon jälkeen alettiin laskeutua alaspäin

kohti Viipurin keskustaa. Kopteri laskeutui keskelle

Punaisen lähteen toria, lähelle setä Leninin patsasta. Neljä

suurikokoista ja karskin oloista ukkoa odotti meitä kopterin

laskeutumispaikalla. Meille ei selvinnyt olivatko miehet

KGB; n vai jonkun muun organisaation agentteja, ihan

sama meille.

Torilta oli muutaman minuutin kävely rautatieaseman

suuntaan, talon kohdalla kulman ympäri ja sisäpihan kautta

toiseen kerrokseen.

Asunnon vuokrannut kaveri olikin minulle yhdistyksen

kokouksista tuttu ja tiesin hänen olevan eläkkeellä oleva

armeijan luutnantti. Hän odotti meitä asunnossa ja saimme

häneltä avaimet, jotka siirtyivät tietenkin venäläisten

haltuun.

174

Pahoittelin kun hän joutui siirtymään hotelliin ja sanoin

nopeasti: "Luulen että joku suomalainen tulee kysymään

sinulta, mitä täällä näit. Kerro että olemme valmiina ja

odotamme apua." Muuta en ehtinyt sanoa, kun ryssä ärähti

englanniksi: "No talking" ja työnsi suomalaisen tylysti

rappukäytävään. Meitä hän kielsi yrittämästä mitään

kieroilua ja sanoi että heillä on ohjeet ampua, jos yritämme

pakoon. Hän myöskin teki Venäjän jääkiekkomaajoukkueen

valmentajan tutuksi tekemän kurkunleikkaus eleen. Meillä ei

tietenkään ollut siihen mitään lisäämistä.

Simo ja Mikko olivat tavanneet toisensa kauppahallin

parkkipaikalla ja siirtyneet Espilään lounaalle. Pojat

ihastelivat uutta ravintolaa ja näkymiä suurista ikkunoista

kaupungille. Käytiin suunnitelma yksityiskohtaisesti läpi ja

päätettiin aloittaa toiminta heti kun Häkkisen poppoo

saapuu.

Varsinkin kun Nesteen valtava öljytankkeri Mastera on

lähdössä aamuyöllä Koiviston öljysatamasta.

Jälkiruoka oli jo syöty ja lasku maksettu, kun alkoi kuulua

helikopterin ääntä. Pojat päättelivät, että nyt alkaa

tapahtua. He kävelivät upean ruskeasta graniitista

rakennetun kerrostalon lähelle ja jäivät siihen kytikselle.

Ryhmälle järjestetty asunto on talon toisessa kerroksessa.

Kopteri laskeutui johonkin lähelle ja hetken päästä

kahdeksan miehen ryhmä lähestyi asuntoa kävellen. Mikko

tunnisti ryhmästä työkaverinsa Jorman ja tietenkin

Häkkisen, entisen puolustusvoimain komentajan. Jorman ja

Mikon katseet kohtasivat, kumpikaan ei näyttänyt ilmeellään

tunteneensa toisensa.

Pojat seurasivat, kun kaksi ukkoa jäi kadulle parkkeerattuun

mustaan Audiin ja kaksi meni ryhmän kanssa portista

pihalle.

176

Simon mielestä kannatti hetken katsella ympärilleen ja

varmistaa että vartijoita ei ole enempää. Metallinen portti

narahti ja ympärilleen pälyilevä vanhempi herrasmies tuli

ulos. Hän lähti kävelemään reipasta vauhtia, kohti

rautatieaseman vieressä olevaa Hotelli Vikingiä.

Pojat lähtivät seuraamaan häntä, pysäyttivät hänet hotellin

edessä ja kysyivät: " Oletko suomalainen?" Hän katsoi

meitä päästä jalkoihin ja kysyi upseerin käskevällä äänellä:

"Kuka kysyy?" Pojat näyttivät poliisikorttinsa ja sanoivat

olevansa työasioissa liikkeellä." Hän arvasi näiden olevan

ne suomalaiset, joista Heikki mainitsi ja sanoi olevansa

Suomesta. Simo kysyi: "Jos tulit toisen kerroksen

asunnosta. niin onko sinulla mitään kerrottavaa?" "Kyllä,

minulle sanottiin heidän odottavan apua ja kaikki ovat

valmiina toimintaan." Pojat kysyivät, kuinka

rappukäytävään pääsee sisälle. "Ovessa on näppäinlukko."

Pojat kiittivät ja sanoivat että tätä keskustelua ei sitten ole

koskaan käyty.

177

Simo kävi vuokraamassa yhden auton lisää. Sitä tarvitaan

asunnon edessä parkissa olevien agenttien saamiseksi

pelistä pois. Vuokraamossa ei ollut vapaana kuin

kolhiintunut Lada Niva maasturi. Virkailija pahoitteli

kovasti kaikkien länsiautojen olevan varattuja. Simo näytti

nyrpeää naamaa ja sanoi että otetaan sitten se mitä on

jäljellä. Auto oli kuitenkin juuri sellainen, jota me

tarvitsemme, hyvä tukeva peli jos haluaa törmätä toiseen

autoon.

Mikko löysi vapaan parkkipaikan Ladalle, läheltä porttia ja

venäläisten vartijoiden Audia. Ww pikkubussi oli tuotu

lähistölle jo ennen lounaalle menoa.

Mikko käveli muina miehinä portista pihalle ja jäi

odottamaan Volvolla saapuvaa Simoa.

Simo kurvasi portin eteen, avasi sen ja peruutti pihaan. Hän

avasi rappuun menevän oven suomalaiselta saamallaan

koodilla. Mikko hiippaili myös rappuun käyttäen Volvoa

näkösuojanaan, eivätkä vartijat huomanneet häntä.

Simo koputti oveen. Hetken päästä oven takaa kysyttiin

jotain venäjäksi ja Simo vastasi englanniksi tuovansa

suomalaisten autoa. Venäläinen avasi oven ja pyysi auton

avaimia. Simo hymyili ystävällisesti ja antoi vasemmassa

kädessään pitämänsä avaimet venäläiselle ja ampui samalla

selkänsä takana piilossa pitämällä tainnutuspistoolilla

ryssää suoraan rintaan. Mikko ryntäsi sisälle samalla kun

Simo työnsi kaikella voimalla tajuttoman venäläisen seinää

päin. Eteiskäytävään rynnännyt toinen venäläisagentti sai

Mikon tainnutuspistoolista oman osansa. Venäläiset

sidottiin nopeasti, mukana tuoduilla nippusiteillä, siisteiksi

paketeiksi. Molemmille kloroformia sen verran että pysyvät

useamman tunnin tajuttomina.

179

Häkkinen kiitti pelastajia sanoen: " Tehokasta, kiitos. Miten

nyt toimitaan?" Simo otti homman hanskaan ja ohjeisti

komentoäänellä, että päästään heti lähtemään eikä kukaan

ala kyselemään mitään. "Jorma ota harmaa Ww pikkubussi,

on portista oikealla ja seuraa Volvoa näköyhteyden päästä.

Heikki ajaa Volvolla Häkkinen ja Bildenberg kyydissään.

Meillä on kolhuinen Lada Niva, jolla kolaroimme teitä

seuraamaan lähtevät ryssät pelistä pois. Heikki käänny

risteyksestä oikealle ja rautatieaseman kohdalla taas

oikealle noin sadan metrin päässä on hotelli Viking, iso

rakennus vasemmalla puolella. Heti sen jälkeen iskemme

ryssien kimppuun ja meidän Lada jää siihen, siitä jatketaan

kahdella autolla. Onko kysyttävää?" Kellään ei ollut,

Bildenberg oli kysyvän näköinen ja Häkkinen sanoi," follow

me, dont ask anything. "

Mikko tuli ensin ulos portista, käveli Ladaan ja starttasi

auton lähtövalmiiksi.

Audissa istuvat ryssät vähän ihmettelivät, mikähän ukko toi

oli, kun vaan käväisi sisällä, ehkä asukas. Hetken päästä

kaarsi vankien Volvo portista ulos ja lähti kohti

rautatieasemaa. Venäläiset yrittivät soittaa

radiopuhelimella asunnossa oleville virkaveljilleen, ei

vastausta.

He arvasivat, kaikki ei ole nyt kunnossa, mutta oli pakko

lähteä Volvon perään ja katsoa mihin se menee. He

kiroilivat auton tummia laseja, kun eivät nähneet keitä siellä

on kyydissä. Kun Volvo kaartoi rautatieaseman kohdalla

oikealle, se lähti kuin tykin piipusta hurjaan vauhtiin.

Venäläisten Audi ei kerennyt tähän kyytiin alkuunkaan,

vaikka kaasu oli pohjassa. Yhtä äkkiä Volvo jarrutti

voimakkaasti, niin venäläisetkin. Silloin rysähti, kolhuinen

Lada tuli Audin takakontista sisään ja Volvo jatkoi

matkaansa. Venäläiset hyppäsivät autosta ulos niskaansa

pidellen ja olivat tärskystä sekaisin. He näkivät Ladasta

181

nousevan kaksi urheilullista miestä, joilla oli aseet

käsissään ja sitten pimeni.

Kalle sanoi minulle: "Heikki, ohjeet selvät sitten mennään.

Jorma poimi meille venäläisten aseet näiden taskuista ja

sanoi: "Näitä voidaan vielä tarvita." Marssittiin Volvoon,

tuttu auto tuntui mukavalta. Onneksi omat penkin säädöt

olivat auton muistissa ja napin painalluksella kohdillaan.

Ajoin portista ulos ja näin edessäni ryssien auton, joka lähti

seuraamaan meitä. Taustapeilistä näin, että suomalaisten

Lada liittyi joukon jatkoksi ja myös Jorma ehti pikkubussilla

mukaan. Sanoin takana olijoille: "Lisään vauhtia ja sitten

jarrutan voimakkaasti, niin pääsevät Ladalla pukkaamaan

Audia takaapäin." Se toimikin hienosti. Näin peileistä, kun

ryssät paketoitiin siististi autoonsa, lippikset silmille niin

kuin olisivat olleet nokosilla. Venäjällä jos joku nukkuu

kalliissa autossa, niin kukaan ei mene häiritsemään. Kaikki

neljä venäläistä ovat useita tunteja poissa pelistä. Ladalla pystyi ajamaan pari kilometriä, jonka jälkeen se hylättiin

ränsistyneen varastorakennuksen takapihalle.

Jorma poimi Mikon kyytiinsä ja Simo hyppäsi viereeni,

sitten mentiin. Kalle kiitteli ja sanoi että mukava katsella

ammattilaisia työnsä ääressä, ryssiä vietiin kuin litran

mittaa.

Simo ohjeisti mitä sitten tehdään, meillä muilla ei ollut

mitään tietoa siitä, kuinka Venäjältä poistutaan.

Ajettiin rauhallisesti ulos kaupungista noudattaen kaikkia

liikennesääntöjä, eikä kukaan kiinnittänyt meihin mitään

huomiota. Suunnattiin itään, Pietariin vievää päätietä pitkin

ja saavuttiin metsään päättyvän sivutien varteen. Mikko oli

Pietarista ajaessaan katsonut paikan ja varmistanut että

siellä ei asu ketään. Vaihdettiin Volvoon venäläiset

rekisterikilvet ja kylkiteipit. Hyppäsin pikkubussin

puikkoihin, ryhmä kyytiin ja Mikko lähti venäläistyneellä

Volvolla ajamaan edellä kohti auton hävityspaikkaa. Me

183

jäimme Yläsäiniön Nesteen pihalle syömään eväitä, jotka

pojat olivat älynneet meille hommata. Energiaa tarvitaan,

edessä on yöllinen uinti meressä ja kävelyä karjalaisessa

metsässä raahaten kumivenettä ja varustekasseja.

Mikko tiesi kapean metsäpolun, jota pitkin pääsi suuren

lammen rantaan. Tehokkaalla maasturilla pääsi juuri ja

juuri eteenpäin. Ammattimies tiesi mitä teki. Hän avasi

autosta kaikki ikkunat, laittoi vaihteen päälle ja antoi auton

vetää itsensä tummavetisen lammen syvyyksiin. Voi olla,

että autoa ei ikinä löydetä. Ehkä venäläiset alkavat

tarkistaa satelliittikuvia, kun etsivät meitä ympäri Venäjää

ja joku huomaa mitä on tapahtunut. Me olemme silloin jo

Ruotsi-Suomessa ja hyvin ansaituilla unilla vällyjen alla.

Mikko tuli hölkäten huoltoaseman pihaan. Hän loikkasi

kyytiin hengästyneenä ja sanoi pilke silmäkulmassa: "Eipä

ole ennen tullut tungettua kahden vuoden palkkaa lampeen,

kerta se on ensimmäinenkin. Oli kiva peli, olisin sen kyllä mielellään pitänyt." Sanoin Mikolle: "Minuakin harmittaa,

se auto auttoi osaltaan, että selvittiin Saksasta hengissä.

Olisihan se ollut messevää eläkeukkona ajella sillä nenä

pystyssä mökin ja kodin väliä.

Mihinkäs sitten ajetaan?" Mikko näytti suunnan ja sitten

lähdettiin kohti Koivistoa ja Suomenlahtea.

Koiviston kylän jälkeen, vähän ennen Primorskin

öljysatamaa lähti kapea metsätie kohti merta. Käännyin

sinne ja ajoimme varovasti eteenpäin, kunnes tie päättyi

tiheän metsän reunaan. Meren rantaan oli vielä yli

kilometri, varusteita raahaten lähdimme kävelemään

kapeaa polkua pitkin. Johan ihmetteli painava reppu

selässään ja isot kantamukset molemmissa käsissään,

onkohan tämä kaikki roina todella tarpeen. Simo sanoi

perämoottoria kantaen, kaikkea tarvitaan, kohta puetaan

märkäpuvut ja sitten uidaan.

Mikolle osui taas hölkkääjän osa, onneksi hän harrasti

pitkiä lenkkejä. Hän lähti piilottamaan pikkubussia ja löysi

hylätyn maatilan, jonka tyhjään varastoon sai auton hyvin

näkösuojaan.

Tunnin hölkkäämisen jälkeen hän löysi muun ryhmän meren

rannalta metsän siimeksestä, mustiin märkäpukuihin, koko

pään peittäviin huippuihin ja räpylöihin pukeutuneena.

Kasvot oli sutattu naamiovärillä mustaksi, eikä heitä

hämärtyvässä illassa meinannut nähdä ollenkaan. Jos ei

olisi tiennyt, niin olisi luullut siinä olevan armeijan

kommandoryhmän.

Mikko pukeutui pikavauhtia, koska alkoi jo olla vähän kiire.

Sovittiin että kumiveneeseen menee Kalle vanhimpana ja

minä kipeän kylkeni kanssa. Vaihdetaan jos joku väsähtää.

Johan Bildenberg yllätti meidät ja sanoi että hän ilman

muuta menee veteen uimaan ja työntämään täyttä

kumivenettä. Hän on harrastanut uintia jopa kilpatasolla ja

on hänen vuoronsa alkaa uhrautua toisten edestä. Muut

ovat ottaneet turpaansa, nyt on hänen vuoronsa. Johan oli

ollut vähän nenä nirpassa monta kertaa, mutta hänhän

näyttikin olevansa pelimies.

Kaikkien puhelimiin oli ajomatkan aikana vaihdettu Simon

tuomat pre paid SIM kortit, nyt eivät ryssät pääse

seuraamaan, eikä kuuntelemaan heidän puhelimiaan. Simo

oli lähettänyt Masteran kirpparille tekstarin, t.k.s.k. hän

tiesi, että nousemme laivaan, kun tankkeri on Primorskin

edessä olevan saaren kärjen kohdalla.

Vene ja laivaliikenne oli loppunut pimeän tultua ja porukka

laskeutui veteen. Usvaa näytti alkavan muodostua ja sehän

oli vain hyvä. Kumivene lähti etenemään äänettömästi ja

hyvää vauhtia sähkömoottorin työntämänä ja neljän vedessä

olijan polskiessa räpylöillään rytmikkäästi. Kaukana

vasemmalla näkyivät Primorskin valtavan öljyterminaalin

valot, redillä oli muutama tankkeri.

19.

Kreml.

Presidentti Bimski sai armeijan ylipäälliköltä huonoja

uutisia. Kenraali Häkkisen ryhmä on kadonnut. Bimskin

päreet paloivat totaalisesti. "Teillä on vahdit paikalla ja

vangit katoavat kuin tuhka tuuleen." Ylipäällikkö yritti

selitellä naama punaisena: "He olivat jotenkin onnistuneet

saamaan apureita paikalle. Heidän autoaan tuonut kaveri

oli rajalla tarkistetun passin mukaan Suomen veroviraston

virkailija. Olemme jälkikäteen saaneet hänen passikuvansa

avulla selville, äijä onkin suomalaisen Karhukoplan

erikoispoliisi, joka on jo armeijassa saanut sissikoulutuksen.

Nyt tarkistamme kaikilta rajanylityspaikoilta tulijoiden

tiedot, koska hän ei voinut olla yksin.

Meidän agentit oli ilmeisesti tainnutusaseilla saatu pelistä

pois ja hyökkääjiä oli ollut ainakin kaksi, ellei enemmänkin.

Meillä on helikoptereita etsimässä heitä, sekä satoja

sotilaita haravoimassa maastoa Viipurista Suomen rajalle

päin. Pakkohan heidän on suunnata rajalle ja yrittää jostain

korvesta sitten yli."

Bimski huokaisi syvään ja sanoi: "Täytyy hattua nostaa

suomalaisille, toimivat todella nopeasti ja tehokkaasti.

Vaikka on pieni maa, niin näkyy sieltä löytyvän kovia

ammattilaisia. Nyt heidän porukassaan on ainakin kolme

ammattisotilasta tai poliisia, koska Häkkisen turvamies on

poliisi. Onko heidän autoaan löydetty." Ei ole, emme ole

saaneet satelliittikuvaa, koska järjestelmässä oli jotain

vikaa." Bimski murahteli itsekseen ja ajatteli että ole nyt

sitten tällaisen maan johdossa. Sotilaat eivät osaa

hommiaan ja tekniikka ei pelaa.

Pietarin suunnasta lähestyi useita helikoptereita, jotka

näyttivät suuntaavan Viipuriin päin. Kalle epäili, että

pakenemisemme on havaittu. Onneksi olimme juuri ajaneet

189

ja uineet pienen saaren rantaan, jossa lepäsimme, söimme

eväitä ja keräsimme voimia. Matkaa oli vielä useita

kilometrejä jäljellä. Mikko yritti onkia Masteran lähtöaikaa

Primorskista ja odotti tekstaria kipparilta. Mikko oli

joutunut juoksemaan päivän aikaan jo pari pitkää lenkkiä ja

hänellä oli energiat loppu. Sanoin hyvin voivani uida,

makoilu riittää. Vaikka kylki on paskana, niin ei se

polskutteluun vaikuta. Kalle kiitteli hyvästä asenteesta ja

sanoi: "Koko porukka on pelimiehiä, jos täältä selvitään

kotiin, on palkkioita ja huomionosoituksia tulossa." Johan

tosin on jo palkkionsa saanut, kun sijoitukset säästyivät

Venäjän epäonnistuttua Suomen valloituksessaan. Johan

nosti peukun ylös ja kiitti koko porukkaa omasta ja Ruotsin

puolesta.

Mikko sai tekstarin, +3. Laiva oli starttaamassa kolmen

tunnin päästä. Meillä oli kolme ja puoli tuntia aikaa olla

saaren kärjessä. Nyt oli lähdettävä heti liikkeelle ja oli edettävä täysin äänettömästi, koska suuremman saaren

mantereen puoleisella rantakaistaleella on asutusta ja

pienen saaren antama suoja loppuu heti kun lähdemme

liikkeelle. Vesi kantaa kaikki äänet todella kauas.

Saavuimme saaren itäreunaan, joka oli onneksi asumaton.

Nousimme kaikki maihin lämmittelemään ja tekemään

voimisteluliikkeitä. Varsinkin Kalle ja Mikko olivat ihan

kohmeessa maattuaan kumiveneessä toista tuntia

liikkumattomana. Meillä oli edessä kiipeäminen laivan

kyljessä olevia tikkaita pitkin, jotka ovat varmasti liukkaat.

Kallella ei ollut tietoa saammeko laivan henkilökunnalta

apua, vai yritämmekö ehkä hyppiä vauhdissa olevaan

laivaan. Putoaminen ja joutuminen laivan potkureihin tietää

varmaa kuolemaa.

Simon mielestä Suomessa kyllä ymmärretään meidän voivan

olla huonossa hapessa ja väsyneitä. Jos vain ovat ehtineet,

niin laivaan on tuotu muutama sotilas tai virkaveli

Karhukoplasta.

Arvaus osui oikeaan, Masteran ollessa vielä

kansainvälisellä merialueella ja juuri saapumassa Venäjän

aluevesille oli laivan kannelle laskeutunut

rajavartiolaitoksen helikopteri. Kannelle oli vähin äänin

loikannut neljä merivoimien taistelusukeltajaa täysissä

varusteissa ja he olivat siirtyneet salamannopeasti

sisätiloihin.

Metsästä alkoi kuulua puhetta ja mahorkka haisi. Simo

näytti kädellä, kaikki heti kyykkyyn ja turvat tukkoon.

Kolme nuorta reippaan näköistä kaveria oli matkalla

venäläisten mieliharrastuksen kalastuksen pariin. Reput

selässä ja onget käsissä kaverukset iloisesti puhua

pulputtivat. Heillä kävi huono tuuri, kun alkoivat tehdä

leiriä viidenkymmenen metrin päähän meidän varuste

kasasta ja kumiveneestä. Kalle ja Simo neuvottelivat, kuinka

toimitaan. Vaihtoehtoja ei ollut.

Miehet on sidottava, eikä voida paljastaa keitä olemme.

Emme voi puhua heidän kuullen Suomea, vaan nyt

vaihdettiin puhekieli Englanniksi. Simo, Mikko ja Jorma

hiipivät pimeässä yössä mustissa sukeltajanpuvuissaan

aivan kalastajien taakse, painoivat aseet miesten selkään ja

karjaisivat "rugiveer". Miehet painettiin mahalleen

maahan, sidottiin tiiviiksi paketeiksi ja kannettiin yksi

kerrallaan metsään, erilleen toisistaan. Kaikki saivat

annoksen kloroformia, onneksi sitä oli vielä jäljellä.

Kännykät heitettiin metsään, kun niistä oli ensin poistettu

operaattorien kortit ja akut. Miehet eivät nähneet meitä,

eivätkä kykene tunnistamaan keitä metsässä oli ja kuinka

monta. He ovat ainakin vuorokauden pois pelistä ja silloin

me olemme jo melkein Suomessa. Kavereilla oli huono

tuuri, he olivat lähteneet kalaan väärään aikaan.

Saatiin tekstari, köysiä irroitetaan ja laiva lähtee merelle.

Niin lähdimme mekin. Jouduimme hetken päästä

pysähtymään, myöskin kumiveneessä olijat laskeutuivat

veteen niin että vain nenä jäi pinnalle. Myös moottori

sammutettiin, kun luotsikutteri pyyhälsi melko läheltä ohi.

Se oli varmaan menossa kauemmas merelle odottamaan

Masteralla olevaa venäläistä luotsia.

Veden pinnasta ja varsinkin aaltojen pohjalta katsoen,

näytti lähestyvä öljytankkeri valtavalta, joka se tietysti

olikin. 252 metriä pitkä ja 44 metriä leveä alus lähestyi

tasaista vauhtia pitkin hyvin merkittyä väylää. Laivan

oikealle kyljelle oli laskettu kahdet tikkaat peräkkäin, sekä

useita köysiä, joista olisi hyvä ottaa kiinni, jos ei kädet osu

tikkaisiin. Tikkaiden alareunassa oli sukeltajat

varmistamassa ja auttamassa tulijoita.

Pojat auttoivat minut kumiveneen kyytiin ja ensimmäisenä

tikkaille, jossa sukeltaja kiinnitti turvanarun kainaloiden ali.

Kivusta välittämättä nousin rivakasti laivan kannelle.

Ylhäällä narua pidellyt sukeltaja käski minut kyykkyyn

öljyputkien taa, että ohjaamossa oleva luotsi ei näkisi meitä.

Häkkinen pääsi luiskahtamaan tikkailta takaisin veteen,

mutta väkivahva sukeltaja sai tarrattua kädestä ja Simo

toisesta kädestä ja he saivat Kallen ongittua ylös ja laivan

kannelle. Jos he eivät olisi onnistuneet, olisi Kalle ollut

mennyttä miestä, hän olisi joutunut potkurin pyörteeseen ja

murskautunut sinne.

Kannelle päästyään koko porukka hiipi öljyputkien suojassa

miehistön tiloihin ja he saivat kuumaa juotavaa ja kuivat

vaatteet päälle. Alkoi kummasti olo parantua, kun sai

kropan lämpöiseksi.

Masteran kippari Urho Mikkola tervehti laivaan saapunutta

luotsia ja antoi hänelle vastuun reitistä.

Urho on ajanut pitkin väylää, joka johtaa Primorskin

edessä olevan saaren itäpuolelta merelle, kymmeniä kertoja.

195

Silti eivät venäläiset anna hänen, eikä kenenkään muunkaan

ajaa ilman luotsia. Ehkä hyvä niin. Suuren tankkerin

karilleajo olisi Suomenlahdella valtava katastrofi.

Urho sammutti laivan kannelta melkein kaikki valot, että

luotsi ei näkisi kannella hääriviä sukeltajia, eikä Häkkisen

porukkaa.

Vähän elähtäneen ja jopa alkoholisoituneen oloinen luotsi

ihmetteli valojen epänormaalia sammuttamista. Urho ei

ollut ensimmäistä kertaa pappia kyydissä ja toimi kuten

kyytiin tulleet sukeltajat olivat määränneet. Hän osasi

vedota luotsin turhamaisuuteen ja sanoi: "Kyllähän sinä

tunnet tämän reitin, vaikka pilkkopimeässä. Kun on noin

kova sumu, niin nähdään merimerkit paremmin, kun ei

kannen valot häiritse. Päästyämme saaren ohi, sytytetään

valot takaisin." Kehuminen upposi luotsiin kuin kuuma

veitsi voihin ja hän nosti peukun ylös. Urho nosti

sivupöydälle pullon vuosikertaviskiä lahjaksi, sanoen että olet ainakin kymmenen kertaa ollut auttamassa meitä

merelle, kiitos siitä.

Luotsin katse kävi pullon ja reitin väliä ja vaikka laivan

kannella olisi ollut tanssit, ei hän olisi niitä huomannut.

Urho naureskeli mielessään, aika loppasuu näkyy olevan,

oikein arvasin.

Laivan ohitettua saaret ja niiden takana olevan matalikon,

laskeutui luotsi tikkaita pitkin luotsikutteriin, viskipullo

repussaan. Hänellä ei ollut pienintäkään hajua, että laivaan

oli noussut kuusi sukelluspuvuissa olevaa henkilöä, joita

etsitään kiivaasti rajan tuntumassa.

20.

Kaartinkaupunki Pääesikunta

Armeijan operaatiopäällikkö sai tiedon, Häkkisen porukka

on onnellisesti ja ehjänä tankkerin kyydissä. Tankkeri on jo

saapumassa kansainväliselle vesialueelle, muutaman tunnin

päästä voitaisiin miehet noutaa laivalta. Ohjusvene Pori on

jo lähetetty syväväylälle, Porvoon kohdalle odottamaan.

Neljä Hornetia on Pirkkalassa valmiina varmistamaan ja

antamaan suojaa. Venäläiset voivat vielä yrittää jotain, jos

heille selviää karkulaisten olevan laivalla.

Tikkakoskelta viestikoelaitokselta ilmoitettiin, että

venäläisillä pörrää rajan pinnassa useita helikoptereita,

myöskin heidän Berijev 50 tutkavalvonta kone lentelee siellä

edestakaisin.

Häkkisen ryhmästä on todennäköisesti laitettu täysi haku

päälle.

Kreml

Presidentti Bimski kävi kuumana kuin hellankoukku ja huusi

kuin hinaaja alaisilleen. Ettekö te saatanan tunarit löydä

karkulaisia, teillä on kaikki pelit ja vehkeet mitä kuvitella

saattaa.

Presidentin adjutantti saapui kiihtyneenä KGB;n majurin

kanssa Bimskin luo ja ilmoitti että hänellä on uusia tietoja.

"Herra presidentti, olemme löytäneet Viipurista neljä

kadoksissa ollutta agenttiamme, tajuttomina ja

huumattuina. Lääkärit saivat heidät heräteltyä ja he ovat

kertoneet hurjan tarinan.

Heidän kimppuunsa käytiin tainnutusaseilla ja sitten heidät

huumattiin. Eivät muista mitään muuta." Presidentti

ihmetteli kulmat kurtussa, eikö vartijoiden pitänyt olla

ammattimiehiä, eikä mitään tunareita. Hän sai vastaukseksi,

on niitä näköjään ammattilaisia naapurillakin. Nämä apuun

tulleet miehet ovat hyvin koulutettuja ja tehokkaita, osaavat

näköjään hommansa.

Lisää väkeä lappasi kokoushuoneeseen, Bimski kysyikin,

onko tämä joku hollitupa.

Sisään juuri purjehtinut armeijan ylipäällikkö sanoi

saaneensa tiedon kolmesta kalastajasta, jotka oli sidottu ja

huumattu Primorskin öljysataman edessä olevassa saaressa.

Kalastajien kaverit olivat lähteneet etsimään heitä, kun

eivät vastanneet puhelimiinsa. Olivat sanoneet, että

englantia puhuvat miehet olivat yllättäneet heidät

takaapäin.

Presidentillä leikkasi heti, onko öljysatamasta lähtenyt

äskettäin Suomalaista tankkeria. Satelliittien kuvat

tarkastukseen, liikennekamerakuvat samoin. Viipurin ja

Koiviston välillä asuvien ihmisten kuulustelut, talo talolta heti käyntiin. Autovuokraamot pitää käydä läpi, onko autoja

kateissa jne. Vielä ihmettelen, kuinka tainnutusaseet on

saatu maahan, onko ne ehkä ostettu jostain Venäjältä.

Presidentin pää toimi kuin partaveitsi, eihän sitä muuten

presidentiksi pääsisikään.

Mastera Suomenlahdella

Aamupalalla laivan salongissa Kenraali Häkkinen kiitti

kapteenia hienosta toiminnasta. Porukka pääsi hienosti

laivaan, kapteenin ansiokkaan toiminnan auttamana.

Kapteeni epäili, että hänen ei tarvitse enää Venäjällä käydä,

viisumi on varmaan peruttu ikuisiksi ajoiksi. Pääsen

varmaan toimistotöihin.

Kalle pahoitteli sitä ja korosti että jos he eivät olisi päässeet

pois Viipurista, olisi heidät teloitettu tai suljettu johonkin

syrjäiseen vankilaan loppuelämän ajaksi.

Perämies tuli pyytämään kipparin ohjaamoon, suomalainen

ohjusvene Pori on tulossa noutamaan vieraita laivalta.

Samalla ilmoitettiin kahden venäläisen Sukhoi 34 hävittäjän

olevan matkalla kohti laivaa.

Pääesikunta Kaartinkaupunki

Operaatiokeskuksen tunnelma oli jännittynyt ja odottava,

kuitenkin käskyt ja määräykset lähtivät epäröimättä ja

terävästi.

Tikkakoskelta ilmoitettiin lähellä Pietaria olevasta

Lotinapellon tukikohdasta nousseista kahdesta Sukhoi

hävittäjästä, sekä nousemassa olevista useista

lentokoneista.

Heti määrättiin neljä hälytysvalmiudessa ollutta Hornetia

välittömästi ilmaan ja useiden koneiden nousua valmisteltiin

pikavauhtia. Rannikkopuolustuksen ohjus- ja tykkiasemat

hälytettiin taisteluasemiin, samoin Suomenlahdella olevat

ohjusveneet. Ruotsista Lidköpingin tukikohdasta nousi ensin

neljä ja heti perään kuusi Jas 39 Gripen hävittäjää.

Tallinnan lähellä olevasta Naton tukikohdasta starttasi

useita englantilaisia Tornado ADV torjuntahävittäjiä.

Siviililentokoneilla ei ollut enää lupaa saapua

Suomenlahdelle.

Venäläisille osoitettiin Naton ja Suomi-Ruotsin olevan

tosissaan. Häkkisen ryhmää ei aiottu luovuttaa venäläisille,

mistään hinnasta.

Venäjälle päätettiin näyttää, että heidän on parasta

pysytellä omalla alueellaan ja alkaa käyttäytyä sivistyneen

valtion tavoin.

Puolustusvoimien komentaja sanoi paikalle saapuneelle

Presidentti Säynästölle: "Onneksi meillä on ollut useita

yhteisharjoituksia Naton ja myöskin Ruotsin kanssa,

osataan toimia tehokkaasti yhdessä. Herra presidentti

pelkään pahoin ryssien tietävän Häkkisten olevan

öljytankkerissa. Lentäjillä voi jopa olla määräys upottaa

tankkeri Suomenlahden pohjaan. Mikään muu maa ei

tietenkään niin tekisi, mutta itänaapuri on arvaamaton ja

häikäilemätön."

Presidentti antoi luvan venäläisten hävittäjien

pudottamiseen, jos ne ovat uhka tankkerille.

Kreml

Venäläiset toimivat todella tehokkaasti ja nopeasti, kun joku

ensin käskee.

Presidentin määrättyä täyden etsinnän Häkkisen porukasta,

alkoi tuloksia tulla nopeasti. Molemmat vuokra-autot

löytyivät yleisövihjeiden auttamana, sukeltajat oli nähty

nousemassa kumiveneeseen ja varusteiden ostospaikka

löytyi pikkubussin navigaattorin muistista.

Liikennekamerakuvista löytyi Volvo, jonka rekisterinumero

on sama kuin Pietarilaisen Kia Optima taksin. Satelliitin

kuvista löytyi Volvon upotuspaikka. Autoa oltiin

naaraamassa lammesta armeijan kalustolla.

Luotsi oli haettu kuulusteluihin ja hän kertoi laivan

kansivalojen sammutuksesta.

Presidentti Bimski määräsi hävittäjät ilmaan ja

öljytankkerin upotettavaksi. Hän oli varma, että karkulaiset

ovat aluksessa.

Presidentin päätöstä kritisoitiin muun johtoryhmän

toimesta, hän piti kuitenkin päätöksen voimassa.

Bimski huusi naama punaisena: "Minun päätöksiäni ei

arvostella. Hoitakoon länsi öljytuhon siivoamisen, minulle

ei ryttyillä."

Kremlissä johtoryhmä jäi jännittyneenä odottamaan tietoja

laivan uppoamisesta.

Armeijan komentaja sai puhelun, ainakin kaksikymmentä

hävittäjää tulossa Suomenlahdella kohti Venäjää, kohteena

meidän Sukhoit. Meille on tullut Natolta käsky määrätä

koneet takaisin välittömästi. He suojelevat tankkeria kaikin

voimin. Bimski mietti hetken ja sanoi, upottakaa laiva.

Venäläisten päätös kesti kuitenkin liian kauan. Neljä

rinnakkain lentävää Hornetia kerkesivät ampua ohjukset

ennen venäläisiä. Molemmat Sukhoit räjähtivät ohjusten

osuttua.

Bimskille kerrottiin, että turpaan tuli jälleen. Natolla on nyt

niin paljon kalustoa liikkeellä ja lähtövalmiina että parempi

perääntyä ja nuolla haavat.

Masteran komentosilta.

Kapteeni sai Häkkisen seurakseen komentosillalle.

Molemmat seurasivat kauhistuneena tutkan näyttöä. Kaksi

pistettä läheni kovalla vauhdilla alusta. Kapteenin mielestä

ne ovat hävittäjiä, niitä on nähty usein Suomenlahdella ja

ovat lentäneet aivan laivan vierestä ennenkin. Häkkinen

sanoi laivan olevan kohde ja vakavassa vaarassa.

Venäläisille on selvinnyt, että olemme laivalla.

Kapteeni teki täyden hälytyksen ja määräsi miehistön

siirtymään pelastus veneisiin. Määräys oli kuitenkin turha.

Laivan edestä lähestyi Suomen ilmavoimien hävittäjiä, jotka

pudottivat lähestyvät venäläiset tulipalloina mereen.

207

Ohjusvene Pori ilmoitti, Häkkisten nouto viiden minuutin

päästä. Ohjusvene ajoi Masteran kylkeen kiinni ja Häkkisen

ryhmä siirtyi alukseen.

Ohjusveneen kapteeni veti käden lippaan, seisoi asennossa

ja sanoi. "Herra kenraali, tervetuloa alukseen.

Puolustusvoimien komentajalta suuret kiitokset koko

ryhmälle. Olemme edelleen itsenäisiä yhdessä Ruotsin

kanssa. Olette nyt turvassa. Hornetit seuraavat ja suojaavat

meitä Helsingin Kauppatorille asti. Rannikon ohjusasemat

ovat hälytys valmiudessa ja Naton hävittäjät partioivat

merellä."

Kenraalin vastaus oli liikuttunut ja kiittävä. "Lepo, kiitän

armeijaa hyvin hoidetusta operaatiosta, pääsimme kuitenkin

kotimaahan, vaikka se oli ihan hilkulla." Kapteeni kätteli

koko ryhmän yksitellen ja kiitti jokaista erikseen.

Helsinki

Ohjusvene parkkeerasi Kauppahallin takana olevaan

laituriin ja siirryimme välittömästi meitä odottaneeseen

pikkubussiin.

Bussi seurasi poliisiautoa, joka ajoi suoraan Presidentin

linnan pihalle.

Linnan aidan taakse oli kertynyt satoja katselijoita ja

toimittajia kameroineen. Tieto meidän saapumisestamme oli

jostain vuotanut julkisuuteen.

Meille myöskin selvisi, että lehdet olivat kirjoitelleet meistä

suurin kirjaimin.

Finnstarilta lähetetyt kännykkävideot olivat levinneet

lehtien nettisivuille ja sosiaaliseen mediaan kulovalkean

tavoin.

Keitä me olimme, tai mitä me Saksassa teimme, oli ollut

arvailujen kohteena ympäri maailmaa.

Kaija vaimoni oli saanut tiedon, että meidät tuodaan

suoraan presidentti Säynästön luo presidentin linnaan.

Hänen turvanaan ollut Supon naispoliisi toi hänet

Mariankadun puolelta sisään, niin eivät toimittajat päässeet

häiritsemään ja kiusaamaan kysymyksillään.

Bussista linnan pääovelle marssiva ryhmä näytti aika

rähjäiseltä. Ukoilta parrat ajamatta, hiukset takussa,

puettuina tankkerista saatuihin miehistön työhaalareihin,

jotka olivat tietenkin väärää kokoa. Toimittajien kamerat

räpsyivät ja yleisö taputti. Julkisuuteen oli kerrottu,

tietenkin ilman yksityiskohtia, ryhmän olleen tärkeässä

tehtävässä liittyen Natoon,

Valtioliittoon ja itsenäisyyden säilymiseen.

Kaija vaimo hyppäsi kaulaan linnan aulassa ja sanoi että

meni työreissu vähän pitkäksi. Kerroin terveisiä Kremlistä ja sanoin että tämä oli kyllä viimeinen työkeikka, vaikka

kuka kysyisi niin ei enää.

Presidentti toivotti meidät tervetulleiksi, kiitti Suomi-

Ruotsin puolesta ryhmää vaarallisen tehtävän hoitamisesta

ja henkensä maan puolesta alttiiksi laittamisesta.

Istuimme lounaspöytään herkullisten antimien ääreen.

Eväät näyttivät todella houkuttelevilta. Kremlissä syötiin

yhden kerran hyvin. Viipurissa ei ehditty syödä mitään.

Ruuan tuoksu ja jännityksen laukeaminen vei melkein jalat

alta.

Vaimot ja tyttöystävät oli noudettu paikalle ja tunnelma oli

helpottunut pitkän jännittämisen ja epävarmuuden jälkeen.

Lounaalle kiiruhtanut vasta valittu pääministeri, nosti

maljan ja kiitti Valtioneuvoston puolesta ryhmää.

211

Häkkinen piti meidän puolesta kiitospuheen ja kiitti

erityisesti Simoa ja Mikkoa. Ilman heidän hienoa

toimintaansa ja järjestelyitään olisimme edelleen Venäjällä

ja kukaties vainajia.

21.

Musta ässämersu odotti kotitalon edessä, Lasse aukaisi ovet

Kaijalle ja minulle ja astuimme sisään hulppealle

takapenkille.

Lasse on entinen työntekijäni, joka siirtyi eläkkeelle jäätyäni

yhteistyökumppanilleni töihin.

Bildenberg oli tilannut meille kuljetuksen Helsingin

liikelentoterminaaliin, jossa odotti Cessna Citation X +

bisnesjetti.

Saatiin kerrankin matkustaa herroiksi. Ilmeisesti Johan on

tyytyväinen ja kiitollinen Suomi-Saksa-Kreml-Viipuri-Suomi

yhdistettyyn työ ja extreme matkaan. Hänen sukunsa ja

yhteistyökumppaninsa säästivät omaisuutensa ja

nettosivatkin rutkasti.

Lasse yritti kysellä reissusta ja mitä siellä tapahtui. Hän oli

seurannut netti ja lehtikirjoittelua kiinnostuneena, kuitenkin

kaikki mitä siellä kirjoitettiin, oli arvailua.

Lasse kyllä tiesi, että en voi kertoa paljoakaan.

Kerroin minkä voin, eli että vähän ammuttiin, lenneltiin

helikoptereilla ympäri Venäjää, kuljettiin kumiveneellä

sukelluspuvuissa kylki paskana ja saatiin Kremlissä hoitoa

kauniilta näislääkäriltä. Lasse oli lähdössä lomalle ja

arveli, että en varmaankaan suosittele samaa matkapakettia

213

ostettavaksi. Kerroin että ei kuulemma tule koskaan

myyntiin, eli ei pääse samalle reissulle, vaikka haluaisi.

Matka taittui joutuisasti Vuosaaren tunnelin ja kehä

kolmosen kautta, Lassen kanssa rupatellessa. Meillä on

pitkä historia yhdessä ja paljon olisi ollut puhuttavaa ja

muisteltavaa.

Mersu kurvasi arvokkaasti liikelentoterminaalin eteen ja

astumme tummissa juhlapuvuissamme ulos autosta.

Terminaalissa kaikui iloinen puheensorina. Kalle vaimonsa

kanssa, Mikko ja Simo tyttöystävineen sekä Jorma, ilman

Irinaa. Irina on palautettu venäläisten sotavankien ja

Suomessa vangittujen KGB agenttien kanssa kotimaahansa,

eikä hän pääse enää koskaan Suomeen.

Bisnesjetin kippari pyysi iloista ryhmää siirtymään

koneeseen. Asetuimme mukavasti leveille nahkaistuimille ja

kiinnitimme turvavyöt.

Kone nousi pehmeästi taivaalle ja lentoemäntä tarjoili

samppanjaa, sekä pientä purtavaa.

Kapteeni ilmoitti lentoajan Etelä-Ruotsissa olevalle Vaxjon

lentokentälle olevan suunnilleen tunti.

Kentällä meitä odottaa pikkubussi, joka vie meidät

Bildenbergin ökykartanolle järjestettyyn juhlatilaisuuteen.

Koneen ollessa Gotlannin saaren pohjoispuolella ilmestyi

Kaliningradista startannut Sukhoi hävittäjä muutaman

metrin päähän meistä.

Se painosti kapteenia kääntymään kohti itää ja

Kaliningradia. Venäläisten tiedustelu oli onkinut jostain

tiedon, että olemme koneessa matkustajina.

215

Onneksi ruotsalaiset olivat lähettäneet kolme Jas 39

Gripeniä vastaanottamaan meitä. Niiden ilmestyttyä meidän

molemmille puolille ja yhden lennettyä aivan Sukhoin

taakse, häipyi Venäjän poika matkoihinsa.

Häkkinen naurahti ja sanoi että vieläkin on venäläisillä

herne nenässä. Taidetaan saada loppuelämämme katsella

myös olan yli taaksepäin, eikä uskalla kääntää selkää

tuntemattomille.

Johan oli kartanonsa portailla vastaanottamassa meitä, kun

bussi kurvasi pihalle. Hän toivotti meidät tervetulleeksi ja

halasi kaikkia sydämellisesti.

Astelimme Johanin perässä hulppeaan juhlasaliin ja

saimme lasit kuohuvaa.

Seuraavaksi saliin asteli livreepukuinen vanhempi

herrasmies ja ilmoitti, Ruotsin kuningas saapuu.

216

Jorma kuiskasi minulle: "Enää ei puutu kuin Paavi,

Väyrynen ja Lipponen." Meinasin revetä, mutta sain

vaivoin pidettyä mölyt mahassani.

Kuningas kiitteli kaikkia osapuolia, hienosti tehdystä työstä

ja pahoitteli vaaraan joutumisesta.

Me olimme jo tottuneet kiitoksiin, joita oli tullut monelta

taholta.

Kuiskasin Jormalle: "Nyt sais huastelu hellittee, alakas

huikasta ja pitäs suaha suolakalloo ja murua rinnan alle.

Saespa vielä näkäräeset kyytipojaks, niin alakas Heikkiä

naarattoo."

Nyt puolestaan Jormalla oli pokassa pitelemistä.

Tulihan evästä loppulta, kun kaikki saivat ensin

sanottavansa sanottua. Bildenbergin henkilökunta oli

laittanut parastaan, eikä se ollut ihan vähän.

217

Lento Helsinkiin sujui hiljaisuuden vallitessa, vatsat täynnä

ja pikku pierussa. Elämä tuntuu hyvältä ja ollaanhan sitä

kuitenkin hengissä ja eletään itsenäisessä kotimaassa.

Suomalaisten poistuttua Ruotsista alkoi Bildenbergin

kartanolla tapahtua.

Ruotsin hallitus pääministerin johdolla saapui paikalle,

samoin upporikas suomalainen Nils Bamberg.

Johan Bildenberg avasi tilaisuuden sanoen:" Jätetään tällä

kertaa fasaanijahti väliin ja mennään suoraan asiaan. Nyt

olemme Naton jäseniä ja turvallisuutemme on taattu.

Valtioliittoa Suomen kanssa ei ole mikään pakko toteuttaa,

vaikka olemme niin alun perin luvanneet.

Meidän alkuperäinen suunnitelmamme herra Bambergin

kanssa olikin, että käytetään Valtioliittoa houkuttimena

suomalaisille Natoon liittymiseksi, eikä sitä sitten tulla

toteuttamaan. Eikä liitto menisi Ruotsin parlamentissa läpi,

218

eikä liike-elämä sitä myöskään tarvitse. Saimme

sijoituksemme turvattua ja maamme Naton jäseneksi. Kiitän

Nils Bambergiä palveluksista Ruotsille. "

Kaikki taputtivat kiivaasti ja kuultiin jopa "bravo" huutoja.

Bamberg kiitti Johania varsinkin tämän osuudesta

neuvotteluissa ja henkensä vaarantamisesta. Nils myös

ilmoitti hakevansa Ruotsin kansalaisuutta. mutta ei

kertonut, että suurin syy kansalaisuuden anomiseen on

Ruotsista puuttuva perintövero.

Vuosaari

Maailmanmatkaajien pikkujoululounas pidettiin Villa

Solvikissa. Ikkunoista näkyvä maisema merelle oli upea.

Jäätyvästä merestä nouseva usva melkein peitti kauempana

merellä Travemyndeen matkaavan Finnstar laivan.

Kalle kilisti viinilasia lusikalla, saadakseen pitkästä aikaa

toisensa tavanneet seikkailijat hiljenemään. "Tervetuloa

pikkujoulutapahtumaan ja muistelemaan syksyn jännittävää

retkeä". Hän osoitti kädellään merelle päin sanoen: " Siinä

näkyy seilaavan meille liiankin tuttu Finnstar, muistamme

pelolla, kuinka sieltä lähdettiin rakkaan naapurimme

erikoiskuljetuksella kohti Moskovaa.

Näitte varmaan eiliset uutiset, ruotsalaiset vetivät meitä

nenästä pahemman kerran. Valtioliittoa ei tule, se ei muka

mene Ruotsin parlamentissa läpi. Minä luulen, että ei ollut

tarkoituskaan liittyä Suomen kanssa yhteen. Suunnitelma oli

laadittu vain ruotsalaisen teollisuuden pelastamiseksi

Venäjän uhatessa Suomea.

Meitä vietiin kuin kuoriämpäriä ympäri tuvan lattiaa.

Onneksi kuitenkin ryssät saivat sormilleen ja Suomi on

itsenäinen ja Naton jäsen, eli jotain hyvääkin.

Tasavallan presidentti kiitti ryhmäämme vielä kerran ja

pyysi muistuttamaan, että retkestä ei saa kertoa enempää

kuin julkisuudessa jo on tiedotettu. On valtion etu ja myös

itsellenne turvallisempaa olla hiljakseen. Aletaan syömään

ja hyvää joulua kaikille tasapuolisesti.

.

Loppusanat

Tärkeissä asioissa niin yksilö, kuin valtiot ajattelevat aina

omaa etuaan ensin.

Varmaan niin kuuluukin olla.

Aina tulee suhtautua varauksella toisten lupauksiin ja

ehdotuksiin.

Jos ei aina suorastaan valehdella, niin puhutaan

muunneltua totuutta tai jätetään jotain kertomatta.

Tämä koskee kaikkia, mutta eritoten poliitikkoja.

Näin on aina ollut ja tulee jatkossakin olemaan.